涼み菓子

料理人季蔵捕物控

和田はつ子

時代小説文庫

角川春樹事務所

涼み菓子

料理人季蔵捕物控

和田はつ子

時代小説文庫

角川春樹事務所

目次

第一話　涼み菓子

一

眩《まばゆ》い夏空を燕《つばめ》が力強く飛んでいる。

日本橋は木原店《きはらだな》にある塩梅屋《あんばいや》の主《あるじ》季蔵《としぞう》は、隣りの煮売り屋木村屋《きむらや》に燕が巣を作る初夏が好きであった。

――一時の愉《たの》しみだが――

初夏の匂《にお》いは、お造りや和《あ》え物の仕上がったばかりの味を楽しむ料理に似ていると思う。

――だから、この時季は真剣勝負だ――

店の戸口に立っていた季蔵は、巣に戻ってくる親燕の見事な飛翔にしばし、見惚《みと》れていた。白く弓なりに反《そ》り返った腹の突出が包丁の切っ先に重なって見える。

女房を質に入れても食べたいと江戸っ子を唸《うな》らせる初鰹《はつがつお》の時季こそ過ぎていたが、コチ、スズキ、トビウオと、刺身が美味《うま》い魚の旬であった。

――しかし、まだまだ――

季蔵は修業が足りないと我が身を恥じていた。

刺身の美味さは魚の鮮度だけでは決まらない。魚をさばいて三枚に下ろすまでも大事だが、決め手は最後の包丁遣いである。そっと優しく、労《いたわ》るように包丁を引いてやらないと、美味い刺身は造れないと、季蔵は先代から教えられていた。ところが、これがなかなか容易ではない。

――雑念を捨てるのはむずかしい――

先代の塩梅屋長次郎《ちょうじろう》は、表の顔こそ料理人であったが、裏では隠れ者として、北町奉行烏谷《からすだに》椋十郎《りようじゆうろう》の配下にあった。

侍だった季蔵はやむにやまれぬ理由《わけ》で主家を出奔《しゅっぽん》、すぐに路銀が尽き、ひもじさのあまり饅頭《まんじゅう》を盗み、捕まりかけたところを長次郎に助けられた。料理人になったのはこの長次郎に勧められたこともあったが、つましい武家の家に育った季蔵は、幼い頃から、食べ物と料理に想《おも》いが深かった。春の摘菜は風流な愉しみというよりも、日々の乏しい膳を案じる母のためであった。

長次郎が不慮の死を遂げた後、季蔵は塩梅屋の主を継いだだけではなく、隠れ者として生きる道も受け入れた。

「季蔵さん、お茶をどう？」

店の中からおき玖《く》が声をかけてきた。

塩梅屋の看板娘のおき玖は亡き長次郎の忘れ形見である。肌の色はやや浅黒く、整った顔立ちで、ぱっちりとした大きな目が勝ち気そのものだった。

「いただきます」

季蔵は店に入り、おき玖が渡してくれた湯呑《ゆの》みを手にした。

「これはいい」

渋みを抑えたまろやかでこくのある、とろりとした味わいであった。

「この間、お奉行様がお届けくださった宇治の煎茶《せんちゃ》よ」

おき玖は烏谷と父親との縁が、季蔵に引き継がれたことなど知る由《よし》もなかった。ただだ、長次郎の代からの贔屓《ひいき》筋の一人と見なしている。

「宇治のお茶は瑠璃《るり》さんが好まれるので、お奉行が京の茶問屋から、お取り寄せになったって、お涼《りょう》さんから聞いたわ」

瑠璃は季蔵の元許嫁《いいなずけ》である。

主家の嫡男の横恋慕で側室になるという悲運を辿《たど》り、正気を失った瑠璃は、南茅場町《みなみかやばちょう》にある烏谷の別宅で、元芸者で長唄《ながうた》の師匠お涼の手厚い世話を受けている。

――そういえば、昔、瑠璃は、茶の湯の稽古《けいこ》に精を出していた――

季蔵は、瑠璃に付き合わされた茶の湯を思い出していた。

――あれはちょうど今時分だった。何げなく夕陽《ゆうひ》を眺めていたら、急に瑠璃の顔が見たくてたまらなくなり、酒井《さかい》様のところを訪ねると、瑠璃も一人で夕陽を眺めていた。わたしが不意に会いたくなったのだと伝えると、瑠璃は頰《ほお》を赤らめて、自分も同じ想いだったと呟《つぶや》いた。それから、しばらく、互いに見つめ合っていたように思う。どれほどの時が過ぎたのか、長い時のように思えたが、たぶん、ほんの一時だったはずだ。わたしはだんだん息が苦しくなってきた。その時、同じように苦しかったのだろう、瑠璃がほーっと大きなため息を一つ洩《も》らして、〝茶の湯の稽古をいたしましょう〟と言って立ち上がった。あの時の茶がどんな味であったかは、もう、思い出すことなどできはしないが、瑠璃の点前《てまえ》が見事だったのは覚えている。きっと、茶の種類や善《よ》し悪《あ》しにも通じていたのだな――

「お医者さんがお茶は身体《からだ》にいいから、日々、飲ませるようにっておっしゃったんですって。お茶がいいっていう話、あたしも、聞いたことがあるわ。何でも、食中《しょくあ》たりも防げるそうよ。でも、こうして飲むお茶は熱いわよね」

おき玖は片手を団扇《うちわ》代わりに振って見せた。

「お客さんたち、このところ、せっかく淹《い》れたお茶を残して行くのよ」

「たしかにそうですね」

「梅雨時《つゆどき》はとかく、食べ物のせいで、お腹《なか》をこわしやすいから、皆さんにお茶をもっと飲んでほしいのに」

「いっそ、これから、お出しするのは冷茶だけにしましょうか」

今まで、塩梅屋では夏の暑い間に限って、特別に冷茶を振る舞うこともあったが、四季を通じて、おき玖が丹念に淹れる茶は熱い煎茶である。

「そうね。蒸し蒸しした陽気の今時分こそ、冷たく冷えたお茶が美味《おい》しいはずだもの」

こうして季蔵とおき玖は、とっておきの宇治の煎茶を使った冷茶を試作することになった。

「皆さんに振る舞うとなると――」

おき玖は井戸水を盥《たらい》に入れて運んでくると、早速、用意した大きな土瓶《どびん》に宇治煎茶を入れて、汲《く》み立ての井戸水を注ごうとしたが、

「それでは駄目です」

笑いながら、季蔵はおき玖が持っている盥に手をかけた。

「あら、どうして？」

奪われまいとおき玖は盥を抱え込んだ。

「井戸水は一度煮立たせないと、茶の味がまろやかになりませんし、色も綺麗《きれい》に出ないのです」

「それじゃ、普通のお茶と同じじゃないの」

季蔵は幼い頃、母がとっておきの冷茶を作っていた時のことを思い出していた。季蔵の家の茶は宇治茶の足許《あしもと》にも及ばない、古い葉や固い芽を煮て乾かしただけの茶色い煎茶だったが、これを冷茶にすると、冷たさが、湯で淹れて飲んでいたものとは別物のように舌に甘かった。

「同じようでいて、同じではありません」

季蔵は盥の水を大鍋に移して火にかけ煮立たせた。

またしても、おき玖はかの土瓶を手にして、大鍋の蓋《ふた》を開けたが、

「まずは冷まさないと」

季蔵に言われしばらく、大鍋をそのままにすることにした。

この後、冷ました井戸水を蓋付きの大瓶《おおがめ》に注ぐと、ぐるりと十字に縄をかけて、井戸の底へ吊《つる》した。

「まだ冷やすのね」

「これからは明日の朝の仕事です」

翌朝、季蔵は沸かした井戸水の入った瓶を引き上げると、

「さあ、茶葉を入れてください」

おき玖を促した。

そして、再び蓋をしめ縄をかけて井戸の底へ吊した。

「これじゃ、水が冷たすぎて茶葉がなかなか開かないんじゃないかしら?」

「ゆっくりと少しずつ、茶葉が開くのがいいんです」

「なるほどね」

相づちは打ったものの、おき玖の顔は納得していなかった。

しかし、翌日、差し出された冷茶を一口啜《すす》ると、

「あら——」

おき玖は感極まった声を上げた。

「風味がよくて甘いだけじゃないわ。お茶にも旨味《うまみ》があったんだわ」

「水は冷たいほど、お茶の旨味が引き出せるのだと豪助《ごうすけ》が教えてくれました」

季蔵の母は、長年の経験で美味い冷茶を淹れていただけであったが、季蔵を兄貴と慕う船頭の豪助はたいそうな茶通であった。

二

豪助が茶通なのには理由がある。

かざり職だった豪助の父親は、気が弱い癖に見栄を張りたがる性質《たち》で、ごろつきたちと連《つる》んでたばかりに、ある日、目をつけられていた岡っ引きに捕まり所払《ところばら》いとなった。母親というのは、子持ちを隠して水茶屋勤めができるほどの楚々《そそ》とした別嬪《べっぴん》で、この母親が客に茶を運ぶ間、豪助は茶の淹れ方を覚えた。

母親を待つ幼子《おさなご》を不憫《ふびん》に思った水茶屋のお内儀が金鍔《きんつば》や大福を食べさせてくれた。出がらしの茶殻で茶を淹れる遊びを教えてくれたのもこのお内儀であった。

母親似の豪助は、小柄ながら敏捷《びんしょう》な身体つきで、船頭にしておくのが惜しいほどの男前である。道を歩くと必ず、年頃の娘たちが振り返る。

しかし、お内儀にいたく気に入られたのは、船頭を生業《なりわい》にする前の幼い豪助が、色白で見栄《みば》えのいい子どもだっただけのことではなかった。

茶殻で茶を淹れる遊びを続けるうちに、

「おや、まあ」

とても同じ茶殻で淹れたものとは思えないと、お内儀が度肝を抜くほど、豪助の茶淹れは上達した。お内儀が主にこのことを話すと、ある時から、豪助は菓子だけではなく、上等な茶も飲ませてもらえるようになった。

水茶屋の勘所《かんどころ》は、看板娘たちの初々《ういうい》しい美貌《びぼう》と、運ぶ娘の人気によっては、一杯何十文もの銭を取る茶の美味さである。雇っていた茶汲女が確かな仕事をしているかどうか、日々、見極めるために、豪助は利き酒ならぬ利き茶をさせられたのである。

おかげで公方様《くぼう》のお茶壺《ちゃつぼ》に入ってもおかしくない、極上の宇治茶を堪能《たんのう》したことさえあった。

一方、水茶屋娘の稼ぎで親子二人、雨露を凌《しの》いでいた母親は、ある日、姿を消してしまった。客の一人と示し合わせていたのだろうという噂《うわさ》は立ったが、くわしいことはわからず終《じま》いである。

ほどなく、その水茶屋はお上《かみ》の怒りをかって店仕舞いとなり、行く当てのなくなった豪助は、一人前になるまで、親戚をたらい回しにされて辛酸を舐《な》めた。

「どれだけ、生の渋柿を食わされたかしれねえ」

柿には生食できる甘柿と、干し柿にしなければ渋くて食べられない渋柿とがある。

「へーえ、冷茶かい」

戸口から入ってきた豪助が季蔵の湯呑みを覗《のぞ》き込んで言い当てた。

「どうして、これが冷茶だってわかるの？」

思わず口に出して、豪助の方を見たおき玖だったが、目が合うとあわてて逸《そ》らした。

気まずいというほどではないが、ぎこちない空気がさっと流れた。

――やはり――

季蔵も二人を見ないようにした。

この春、豪助はおき玖への想いを、本人の前でそれとなく告げていた。

豪助は船頭の他に早朝、天秤棒《てんびんぼう》を担いで浅蜊《あさり》を売る仕事もこなしている。母親の面影が恋しいこともあるのだろう、豪助は高くつく茶屋通いをずっと続けていて、そのためには、船頭の稼ぎだけでは到底足りなかった。

浅蜊売りの豪助は毎朝、おき玖のところに立ち寄る。おき玖に想いを伝えた後もこれは変わらない。

――これでも、朝はいつも通り、振る舞ってるんだけど――

正直、おき玖は少し苦痛であった。

――どういう顔をしたらいいのかわからないし――

それで、いつも、にこにこ、笑い皺《じわ》ができるほどの笑みを浮かべて豪助を迎えていた。わざとらしい笑い顔の中にすっぽり、感情を隠してしまえるような気がしたからである。

以前のように、寝不足で不機嫌な仏頂面はとても見せられなかった。

――それって、つまりは――

豪助の想いに応《こた》える気はなく、ただただ、相手を傷つけたくない一心であった。

「湯呑みに茶が残ってて、冷茶の匂いがしたからだよ」

豪助の方は朝、浅蜊を鍋に入れる時と同じ普段の顔である。

「冷茶の匂いがあるのか？」

季蔵が口を挟んだ。

「ある、ある」

豪助は得意満面で、

「湯と水では、淹れた茶の匂いが違うんだよ。たしかに湯で淹れた茶は、茶の匂いが引き立ってる。水じゃ、湯ほど匂いが強く出ねえが、いわく言い難い、そうだな、清流に棲《す》む鮎《あゆ》が食ってる水苔《みずごけ》みてえな、清々《すがすが》しい、いい香りがふんわりとするのさ」

「なるほどな」

季蔵は感心した。

「豪助さんもどうぞ」

冷茶を勧めたおき玖は、やはり、また、笑い皺を作らずにはいられなかった。

季蔵は豪助が飲み干すのを待って、

「どうだ？」

訊《き》かずにはいられなかった。

「茶葉は宇治だろうし、水出しとしちゃあ、これ以上のもんはなかなかねえと思う」

「そうか？　何かもの言いたげだぞ」

季蔵は、小首をかしげて考え込んでいる様子の豪助を見逃さなかった。

「茶はおまえの得意だろう。世辞はいいから、本当のことを言ってくれ」

「世辞は言ってねえよ。ただね、冷茶には三通り、淹れ方があるんだよ。一つは時がなくて、すぐに作りたい冷茶。これは湯で出して冷やす。香りはいいが苦味も強いんで、俺はこれはよくねえと思う。手間をかけねえぶん、不味《まず》いんだよ。もう一つがこの水出し。沸かした井戸水を冷まして使ってるのがわかる。渋みも少ねえし、のどごしもいい。本当だ」

「しかし、三番目のが最高なのだろう？」

季蔵は早く、自分の知らない冷茶の淹れ方を知りたかった。

「といってもなあ――」

「出し惜しみをするな」

「俺も聞いただけだし――」

「とにかく話せ」

「恐れ多い話だぜ」

「いいから――」

「これ以上はねえっていう、極上の冷茶は水は使わねえ。代わりに雪を使う雪茶だそうだ」

「雪？」

季蔵とおき玖は同時に目を見合わせた。

「それはあんまり、贅沢《ぜいたく》すぎて、あたしたちには想い描けないわね」

水無月《みなづき》の氷室《ひむろ》開きといえば、寒中に貯え置いた雪の室を開く行事である。本郷にある加賀藩邸では、国許から運ばせた雪を将軍家へ献上する式礼があった。

加賀藩では残りの雪や氷を、お裾《すそ》分けとして諸大名に配ることはあったが、町人たちの口に入ることはまずなかった。

「こりゃあ、お宝の雪だから、どんな殿様もこっそり、一人で愉しむんだそうだよ。自分用の急須《きゆうす》にとびっきりの宇治茶を入れて、雪をいっぱいに詰めて蓋をする。こいつを絹の風呂敷で包んで、桶《おけ》に入れ、一晩、井戸で冷やすんだとさ。絹の風呂敷で包むのは桶の匂いが移らねえようにするためなんだと――。一晩寝かせた後は、何とも言えねえ、うっとりするような甘さが出てくると聞いた」

「あら、それなら」

おき玖は井戸に吊した大瓶を見据えた。

「これだって、甘いわよ。甘いっていうよりも、もっと、じんわり出てくるお茶の旨味だけど。それにこれ、沸かした井戸水を冷ましただけじゃなくて、井戸で一晩冷やした後、茶葉を入れるのよ。それをまた、もう一晩井戸で冷やして、じっくりと茶葉を開かせてる。ようは二晩も井戸で冷やしてるの。だから、これはもう――」

雪茶と同じではないかと、続けようとしたおき玖を遮《さえぎ》って、

「もう一杯、くれ」

豪助は神妙な顔でおき玖に湯呑みを突き出した。

「はい、はい」

大瓶から冷茶を湯呑みに注いだおき玖は、

――あらっ――

気がつくと、作り笑いを浮かべていなかった。手元を狂わせ、せっかくの冷茶をこぼしてしまうことを、案じて緊張したせいだけではなかった。

――何だか、楽になったわ。いつも通り――

ただただ、豪助の利き茶ぶりだけが気になって見守った。

時をかけて、じっくりと味わった豪助は、

「おき玖ちゃんが旨味といった舌触りだが、こいつばかりは、俺も初めてだ。ひょっとすると、兄貴は公方様や殿様しか口にできねえ、有り難《あ がて》え雪茶を、ここで拵《こしら》えちまったのかもしんねえ。こりゃあ、人気が出て、今年の夏はてえへんなことになるぜ」

季蔵を讃《たた》えた。

――そうだとしたら、母上の雪茶ということになるが、しかし――

「雪茶となると、急須に詰めた雪がじわじわと溶け出して、水よりも遅く、茶葉をそろりそろりと開かせるはずだ。雪に負けないほど、井戸水を冷やしても、やはり、雪には敵《かな》わない。となると、これは雪茶ではないよ」

豪助にそう言って、冷茶をもう一度味わった季蔵は、

――有り難い雪茶などでなくても、塩梅屋の冷茶で充分だ――

三

「ところで、豪助さん、何かここに用があって来たんじゃないの？」

すでにおき玖は口がほぐれている。

江戸っ子らしく、宵越しの金は持たない、使いっぷりのいい豪助は働き者で、用もないのに、ぶらりと立ち寄るようなことは少なかった。

「まあ、ちょいとな。兄貴に頼み事があって――」

「また、幽霊が怖いんじゃあるまいな」

苦笑した季蔵は以前、豪助の頼みで、埋められていた人骨が見つかったという、今川稲《いな》荷《り》へつきあわされたことがあった。

豪助は何より幽霊が怖いのである。

「幽霊じゃあねえんだが――」

口籠《くちご》もった豪助は、

「ちょいとつきあっちゃくれまいか」

顔を赤くした。

「つきあわないこともないが、いったい、どこへなんだ？」

「浅草今戸町の慶養寺入口のみよしってえ名の甘酒屋だよ」

俯《うつむ》いて豪助は小さく呟いた。

「慶養寺入口のみよしといえば、おれい甘酒のみよしよね？」

おき玖が念を押すと、豪助は渋々と頷《うなず》いた。

「何です？　おれい甘酒とは？」

季蔵に訊《たず》ねられたおき玖は、

「みよしでは、おれいさんという綺麗な看板娘が甘酒を振る舞うんで、それはそれは人気なの」

「水茶屋だけではなく、甘酒屋までとは——。豪助も間口《まぐち》を広げたものだ」

季蔵は呆《あき》れた。

「水茶屋とみよしは違うんだ」

豪助は口を尖《とが》らせた。

「どう違うというんだ？」

「水茶屋は見栄えのいい素人《しろうと》娘たちを集めて、がっぽり稼ぐ商いだが、みよしのおれいはそこの娘なんだよ。おれいが毎日、甘酒を客に運んでるのは、稼ぎだけがねらいじゃねえ」

「そうよね」

おき玖がいたずらっぽく微笑《ほほえ》んだ。

「甘酒屋みよしの話が、この間、瓦版《かわらばん》に出ていたわ。婿取《むこと》り甘酒――」

「おれいの父親のみよしの主は、集まってくる若い男たちの中から、娘に三国一の婿を選ぼうと決めてるんだよ」

豪助の口調は思い詰めている。

「だが、どうやって、三国一の婿だと決めるんだ？」

「そこだよ、そこ」

豪助は片膝《ひざ》を叩《たた》いた。

「おれいの父親は、とうとう、甘酒に次ぐ、これぞという涼み菓子を考えてきた男をおれいの婿にすると約束したのさ」

「まあ、それは初耳だわ。姫を妻にしたいと、何人もの公達《きんだち》が苦労するかぐや姫の昔話みたい」

「そりゃあ、そうだろ。昨日、おやじが言ったばかりのことなんだから」

「それで豪助さんは季蔵さんに頼みに来たのね。本気で想う女《ひと》ができたのね」

おき玖は思わず祝いの言葉を口走った。これでやっと肩の荷が下りたような気もして、

――本当によかった――

と思う反面、

——その程度の想いだったなんて。真に受けて悩んでたあたしって馬鹿みたい——

正直、複雑な心境でもあった。

「豪助さん、やっと身を固める気になったのね」

おき玖が豪助の知り合いだと知ると、是非、会わせてほしいと願う娘たちが跡を絶たなかったが、豪助は一度としておき玖に義理を通したことがなかった。

「そういうことになる」

豪助は緊張した面持《おもも》ちで応えた。

「俺は他人《ひと》に負けるのが嫌《や》なんだ」

「季蔵さん、どうか、豪助さんの力になってあげてちょうだい」

「できることはしてやる。その前に確かめておきたい。この勝負に勝ちたい一心なのか、何としても、おれいさんと添い遂げたいからなのか——」

季蔵は豪助を強い目で見据えた。

豪助はしばらく、季蔵と目を合わせ続けていたが、

「そのどっちもだよ」

ぼそっと呟いた。

「男ってのはそういうもんだろ」

「たしかにそうだな」

季蔵は微笑んだ。

「ただし、約束してくれ。勝負に勝ったら、必ず、おれいさんを幸せにすると――」

季蔵の左胸のあたりが、まるでそこに心があるかのようにちくちくと痛んだ。

――自分が瑠璃にできなかったことを、せめて、豪助は相手にしてほしい――

「わかってる」

「よし、これから、みよしへつきあおう」

「恩に着るよ」

二人はみよしへと向かった。

春は桜見物の客たちで賑《にぎ》わう葭簀《よしず》張りのみよしは、赤い毛氈《もうせん》を掛けた縁台が並んでいるだけの簡素な店であった。

「いらっしゃいませ」

おれいと思われる黄八丈《きはちじょう》が似合う娘が二人の前に立った。面長の顔は色が抜けるように白く、切れ長の目が上がりすぎていないのが大人しく優しげだった。

――豪助の好きな顔だ――

季蔵が豪助につきあって、好いた相手を見せられたのはこれが初めてではなかった。

豪助が入れあげる茶屋娘たちは、どの娘も人形のように色白で目鼻立ちが整っている。柔和な女らしさを醸《かも》し出していた。

色黒のおき玖が持ち合わせているような、強い目の輝きや気の強さとは無縁であった。

——お嬢さんに告げた言葉は戯《ざ》れ言《ごと》だったのだろうか——

「何をさしあげましょう」

頬を染めたおれいは羞《は》じらった表情を浮かべている。

——相思相愛か——

季蔵は羨《うらや》ましくなった。

「いつものを二人分」

「冷や甘酒ですね」

甘酒は糯米《もちごめ》で炊いた粥《かゆ》を冷まし、米こうじと湯を混ぜた後、炬燵《こたつ》の中か、竈《かまど》のそばで一晩保温して作る。これを蓋付きの瓶に入れ、井戸に吊してきりりとよく冷やしたのが冷や甘酒であった。

背中を見せたおれいの後ろ姿を、憑《つ》かれたように豪助は見つめている。

「よほどの想いだな」

「いなくなったおっかあに似てるんだ」

豪助はにこりともしない。

「後ろ姿が？」

「いや、顔も似てる」

——そうか。豪助はずっと、母親に似た相手ばかりを想い続けてきたのだな——

「お嬢さんは似てないぞ」

「あれはもういいんだ。おき玖ちゃんには忘れてほしい」

「諦《あきら》めたのか？」

「おっかあに似た女ばかり好きになってちゃ、ずっと子どもの時のまんまのような気がしてさ、おき玖ちゃんとなら俺も大人になれそうな気がしてたんだ。それでつい——。きっと、おき玖ちゃんには迷惑だったろう。毎朝、顔を合わせててわかったよ」

「おまえはもう立派な大人の男だ。たとえ相手が母親に似ていても、守ってやれるはずだ」

「そうだといいんだが」

豪助は眉間《みけん》に皺を刻んだ。

萌葱《もえぎ》色の襷《たすき》がけさえも優美に見えるおれいが、盆に湯呑みを二つ載せて運んできた。

「どうぞ」

渡された湯呑みを手にした季蔵は、

「これは——」

透き通った中身を凝視した。甘酒特有の白い濁りが見られない。

一口啜った豪助は、

「これは冷や甘酒じゃねえ」

驚いた目をおれいに向けた。

味わった季蔵は、

「新生姜《しょうが》の匂いがしますね」

首をかしげた。何ともうれしい未知の味である。

「あの――」

おれいはおずおずと豪助を見た。

「何だい？」

豪助はどぎまぎしている顔を隠すために俯いた。

「豪助さん、あたしのために、涼み菓子を作ってきてくださいますよね」

「もちろん、そのつもりだ」

「それなら、いいんです。そのことで、おとっつぁんが話したいことがあるって――」

「おやじさんがか」

やや青ざめた豪助は飛び上がりかけた。

「今、おとっつぁんを呼んできます。でも、あの――」

おれいは季蔵の方をちらっと不安げに見遣《みや》った。

「この男《ひと》ならいいんだ。俺の兄貴分なんだから。今度のことも助けてくれる」

「日本橋は木原店で一膳飯屋《いちぜんめしや》塩梅屋を開いています。季蔵と申します」

季蔵は挨拶《あいさつ》をした。

「まあ、一膳飯屋のご主人まで――」

おれいは目を瞠《みは》った。

「だから、大丈夫。必ず、俺はおやじさんの眼鏡《めがね》に適《かな》ってみせるよ」

豪助は握りしめた片手の拳《こぶし》で胸を叩いて見せた。

四

「善平《ぜんべい》と申します」

おれいの父親は娘とは似ても似つかない、風采《ふうさい》の上がらない老爺《ろうや》であった。

「あんたが豪助さんだね」

善平はにこにこと笑っている。皺の多い顔で、笑うと顔全体がくしゃくしゃに丸めた鼻紙のように見える。

――これは手強《てごわ》い――

季蔵は豪助の代わりに心の中で身構えた。

「おやじさんからの結び文は昨日、いただきやした」

頷いた豪助は神妙に受け答えた。

「何しろ、昨日は二十人にも、結び文でおれいとのことをお願いしなくてはならず、難儀しましたよ」

善平はふわふわと笑い方を変えて、娘に言い寄る男の一人をやんわりと嘲《あざけ》った。

――二十人もこのおれいさんと添いたいという男がいるとは――これは大変だ――

「結び文をお渡しすると、皆さん、あたしに会いたがってね」

心持ち善平の目が意地悪く光った。

「あたしはちょうど、厨《くりや》で甘酒を作ってて、忙しくしてるところだったんだが、あたしの居る厨には、結び文を手にした、ご贔屓さんたちの列ができたんだよ。数える気もなかったんだが、最後の男が十九人目――」

――会わなかったのは豪助だけだったのか――

豪助はしくじったのだと季蔵は自分のことのように案じられた。

——こういうものは、まずは父親によく思われることからだろうから——

「豪助さん、あたしがおとっつぁんの代わりに渡した時、結び文の中を読むとすぐにこの店を出てってしまったわね」

おれいは今にも泣き出しそうな顔をしている。

「中身が中身なだけに、俺はついつい、頭に血が上っちまったもんだから――」

豪助は口惜《くや》しそうに唇を噛《か》みしめた。

「皆さんはご主人にどのようなお話をなさったんですか?」

季蔵は訊いた。

「あんたは?」

季蔵が挨拶を終えると、

「連れのあんたの方が多少は気が利いていなさるようだ」

善平はじろりと豪助を見据えた。

「とかく、女に騒がれる男にろくな奴はいないもんだよ」

「おとっつぁん」

おれいは優しい丸い目を精一杯三角にした。

「皆さんはご主人がもとめている涼み菓子が、どのようなものかを訊きたかったのではないかと思うのですが――」

季蔵は先を急いだ。

――そうか、そうだったのか――

豪助は自分の迂闊《うかつ》さを恥じた。

「白玉や冷やし汁粉《しるこ》、葛切《くずき》り、心太《ところてん》、まあ、夏に向いた菓子の名を挙げて、俺の本音《ほんね》を訊こうとしたよ。俺はこの店の甘酒は天下一品なんだから、それに次ぐものでなければとだけ言った」

「白玉や冷やし汁粉など、よく知られているものは、ここの甘酒のように看板の品として掲げている店があります。甘酒に次ぐ天下一品となると、珍しいもので、美味いと折り紙を付けられるものしかないのでは？」

季蔵は半分残してある湯呑みの透き通った甘味水を見つめた。

「まさか、これが――」

釣られて豪助は湯呑みの中身に見入った。

「うちは甘酒で知られてるからね」

善平は涼しい顔で言ってのけ、

「おとっつぁんたら、涼み菓子と言ったって、形のあるものばかりとは限らないなんて、皆さんが帰った後で言い出して――」

はらはらしているおれいは、善平と豪助の顔を交互に見比べた後、季蔵に助けをもとめるまなざしを投げた。

「あたしは意地悪を言った覚えはないよ。どっちでもかまわないと思っているだけだ」

しゃあしゃあと善平は言ってのけ、

「ですから、豪助さんと助っ人の季蔵さん、どうかよろしくお願いします。期待してますよ」

背を向けて厨へ入ってしまった。

「ごめんなさい。おとっつぁん、いつもはあんな風ではないんですけど――」

おれいは困惑の極みで身を震わせている。

「いいってことよ。さっきも言ったが、俺は何としても、あんたを嫁にする」

豪助が言い放つと、おれいは耳朶《みみたぶ》まで真っ赤にして俯いた。

季蔵は湯呑みの残りを飲み干すと、

「どうやら、これがみよしの二番手のようですね。どのようなものなのです?」

おれいに訊ねた。

「それは冷やしあめと言います。死んだおっかさんが、故郷《くに》のばあちゃんから習ったもんだと、おとっつぁんから聞きました。麦で作った水飴《みずあめ》に水を加えて煮立て、甘酒と同じに井戸で冷たく冷まして、飲む時に新生姜の搾り汁を入れるんです。暑気《しょき》払いにとてもいいので、年中人気の冷や甘酒よりも夏場は、こっちの方がお勧めです」

「ほのかな甘みがとてもいい」

「ありがとうございます」

二人はみよしを出た。

「どうやら、俺はおれいの父親に嫌われてるらしい」

「嫌っているというよりも、試しているのだろう」

「俺がこれぞという涼み菓子を思いつけるか、どうかだろう？」

「それもあるが、どこまで、この無理難題につきあえるかが、父親側にとっては重大事なのだと思う」

「鬼みてえな父親じゃねえか」

「しかし、それが親心だろう。大事な娘さんと夫婦《めおと》にさせる相手だ。相手が放蕩者《ほうとうもの》であったりしたら大変なことになる。眼鏡違いであってはいけないと必死なのだよ」

「そう言われても、俺はおやじの機嫌取りなんぞ、できねえよ。生まれつき、おべんちゃらは苦手なんだ」

「そうだろうな」

「けど、世辞が達者で、取り入るのが上手《うま》い奴は幾らでもいるからな——」

豪助は不安そうな目を季蔵に向けた。

「競い合う相手のことは考えずに、おまえにできる精一杯の気持ちを見せればいいんだよ。大丈夫だ、きっと通じる」

季蔵が励ますように微笑むと、

「そうだ、そうだな」

豪助は自分に言い聞かせるように、何度も頷いた。

塩梅屋に戻った季蔵はおき玖にみよしでのことを話した。

「みよしのご主人、瓦版に書いてあった通りの人だったのね」

「どのように書かれていたのです？」

「〝なりふりかまわず、一人娘の幸せを願う主、言い寄る男たちを薙《な》ぎ倒す〟って――。結び文を渡された二十人は、そこそこ、認めてもらってたのよ。薙ぎ倒されちゃった、そうでない男たちも沢山いたはず」

「ですから、涼み菓子は父親の善平さんが気に入って、唸り声をあげることのできるものでないと駄目です」

季蔵は知らずと立ったまま、頬杖《ほおづえ》をついていた。

「たしか、みよしのご主人は飲み物でもいいって言ってたのよね」

「ええ」

「あたし、ちょっと心当たりがあるのよ。小さい頃、おとっつぁんに遊びで教わった今時分の飲み物で――」

「どんなものです？」

季蔵は身を乗りだした。

「松葉飴」

「松葉は松の葉で、飴は甘い飴ですよね？」

「そうよ」

「それで飲み物なのですか」

季蔵は皆目見当がつかず、念を押さずにはいられない。

「子どもの遊びになるんだもの、作り方は簡単よ。用意するのは水でしょ。それから松葉。白砂糖。そして蓋のある大きな瓶。子どもの時はおとっつぁんの大徳利で作ったっけ。鍋で白砂糖を入れた水を煮立たせて冷まして、容《い》れ物に移しておいて、これに一本、一本、ハカマから新芽を外《はず》した松葉を漬けこみ、蓋をして日当たりのいいところへ置いておくの。天気がいいと二日ほど、曇っていたり、雨が降り続いていたりすると、五日はかかる。できあがった松葉飴は酸味があって、心地よいさわやかさなのよ。上手くできた時は酸味だけじゃなくて、しゅうっと泡が立つこともあった。これが何とも不思議な喉《のど》ごしなのよ。どうかしら、これ？」

「素晴らしいです。出来上がった松葉飴を井戸で冷やしたら、さらに喉ごしのよさとさわやかさが増すことでしょう」

季蔵は絶賛した。

「今から作ってみます」

松の木なら近くの神社にもある。

「そうね、でも――」

言い出したものの、はっと気がついて、おき玖は尻込《しりご》みした。

五

「あの時の松葉ね、おとっつぁんが出かけた帰りにお土産《みやげ》代わりだって、持ち帰ってきたものなのよ。小さかったあたしが、〝なあーんだ、ただの松葉じゃない〟ってごねたら、〝まあ、やってみろ〟って、松葉飴を作らされたわけ。それが忍術みたいに、美味しくできたんで、あたし、もう一度、近くの神社の松の木の葉で試してみたのよ。けど、何度試しても、上手くできなかった。泡も出ないし、酸味も足りなくて――。おとっつぁんに訊いたら、〝松葉に秘密があるんだ〟って言ってたわ。〝そのうち、また、折があったら、忍術遣いの松葉を取ってきてやるからな〟って。しばらくは首を長くして待ってたけど、あたし、子どもだったから、そのうちに、別の面白い遊びを見つけて、忍術遣いの松葉のことは忘れちまったの」

「松というのはなかなか奥の深いものですね」

――松茸《まつたけ》が生えるのは赤松の根元と決まっているが、松葉飴を作ることのできる松葉にも種類があったとは――

「だから、作るには、あの時、おとっつぁんが持ち帰ってきた忍術遣いの松葉を使わなければならないのよ」

――隠れ者だったとっつぁんは、お嬢さんの知らない場所へも出向いていたはずだ。その松葉だとしたら、見当をつけることなどできはしない――

「せっかく身を固めようとしてる豪助さんのためだもの、あたし、何とかして、忍術遣いの松葉を探してみるわ」

おき玖は覚悟のほどを示した。

「ならば、松葉飴はお嬢さんにお任せして、わたしは豪助と別のものを考えてみます」

「そうね。おれいさんのおとっつぁんに認めてもらうには、熱心さが大事だもの。そのための涼み菓子を幾つか拵えて、これぞというものに絞って味わっていただくに越したことはないわ」

そう言って、おき玖は早速、明日、松の木のある蓮華寺《れんげじ》へ松葉を摘みに行くことに決めた。

「蓮華寺ならおとっつぁんがおっかさんのお墓参りに立ち寄ってもおかしくないし、仏様の御加護のあるところの松なら、不思議な力が備わっているかもしれないわ。おとっつぁんと仲良くしてた、光徳寺《こうとくじ》の御住職のところへも伺ってみるつもり。たしか、あそこにも松の木があったでしょ」

翌翌日、おき玖は朝から出かけていなかった。雨が降って、松葉を見つけに出かける日が一日延びたのである。

梅雨の合間の青空は澄み渡っていたが、まばゆく照りつける陽の光は熱気を孕《はら》んでいる。

季蔵は井戸端で豪助から絶賛された冷茶を仕上げていた。試作した冷茶が客たちにたいそう喜ばれたこともあって、手間も力もかかる冷茶作りがいっこうに苦にならない。

見知った二つの顔が近づいてくる。北町奉行所定町廻《じょうまちまわ》り同心田端宗太郎《たばたそうたろう》と南八丁堀に住む岡っ引きの松次《まつじ》であった。

「お役目、ご苦労様です」

「ちょいと休ませてもらうよ」

松次は季蔵を待たずに塩梅屋の戸口を開けた。

「おき玖は？」

松次はおき玖が振る舞う茶や甘酒を楽しみにしている。

「お嬢さんはあいにく留守をしておりまして」

季蔵は手早く、湯呑みに酒を注《つ》いで田端の前に置いた。

肴《さかな》よりも酒という手合いの大酒飲みの田端は、昼間に訪れた時もこれ一辺倒であったが、正反対に下戸《げこ》な松次は甘党の肴食いであった。

「甘酒はねえのかい」

「ございます」

「冷えてるんだろうな」

松次は寄る年波でやや垂れてきた金壺眼《かなつぼまなこ》をぎょろりとさせた。甘党の肴食いはとかく、食べ物にうるさいのである。

この時季、みよしの冷や甘酒が人気とあって、他の店でも冷やした甘酒を欲しがる輩《やから》が多かった。

「申しわけありません」

――うっかりした――

冷や甘酒も井戸で冷やさねばならなかったが、冷茶作りに追われて、ついつい忘れてしまっていたのである。

「代わりにこれを飲んでみてください」

季蔵は松次に冷茶を勧めた。

「何だ、茶かい」

松次は露骨に不機嫌になったが、一口啜ると、

「へーえ」

まじまじと季蔵を見て、

「ほんとにただの茶かい？」

「宇治茶ではあります」

「そのせいかね。いや、そうじゃない。俺だって茶ぐらいは宇治を味わったことがあるが、こんなにとろりと美味《うま》くはなかった」

松次は湯呑みの残りを甘酒のようにちびちびと味わった。

「お疲れのようですね」

季蔵は空になった田端の湯呑みに酒を、松次の方には冷茶を注ぎたした。田端と松次は何やら憂鬱《ゆううつ》そうな表情をしている。

定町廻りは人殺しなどの調べが役目の一つで、二人が塩梅屋に立ち寄るのはたいてい、朝からのお役目が一息ついた昼間であった。

「まあ、ことがことだけにな」

呟いた松次は田端の方を見た。

「ふむ」

田端は湯呑みの酒をごくごくと飲み干すと、

「こればかりは、家にいる身重の美代《みよ》に聞かせたくない」

腕組みをした。

田端の妻美代は、元は芝口の娘岡っ引き美代吉《みよきち》なのである。他人には寡黙な田端が、美代にだけは、お役目のことをいろいろ話して、よき相談相手になってもらっているという、鼻の下が伸びそうな話を、季蔵はおき玖から聞いていた。

「お美代さんは、田端の旦那の身体を案じて、外でのお酒を慎ませたいんですって。それであまり、飲ませないよう、ここへも頼みにきたの。その時、聞いた話だから本当よ。旦那は話をしてるとあまり飲まないそうよ。ようは、根っからのだんまりなんじゃなくて、これぞと見込む話し相手を見つけられなくて、手持ち無沙汰《ぶさた》だからついつい飲むのね」

「同じ女として、この手の話を聞くのは辛《つら》かろう」

田端は季蔵を見つめた。

「わたしでよろしかったら、お聞かせいただけませんか」

季蔵は酒を注ぎたす代わりに冷茶を出した。

「浅草の茅《かや》町に錦絵《にしきえ》になったばかりの小町娘がいる。名はしず。母一人子一人の荒物《あらもの》屋の娘だ」

おき玖が居合わせていれば、きっと、噂を聞いて知っていることだろう。

「わしらが検分してきたのは、その娘の骸《むくろ》だ。綾瀬《あやせ》川の川原に捨てられていた」

田端は冷茶を呷《あお》り、松次も倣《なら》った。

――たしかにこのような話をお美代さんに聞かせるのは酷い――

「骸はどのような様子で？」

「綺麗なもんだったよ」

ぽつりと松次が洩らした。

「綾瀬川の川原は今が花菖蒲《しょうぶ》の盛りだ。それで、まるで、観音菩薩《かんのんぼさつ》が花菖蒲の臥所《ふしど》ですやすや寝てるように見えたね」

「着ていたものが乱れていなかったのですね」

「胸元も裾も乱れていなかった。松次の言うとおり、娘が花菖蒲に誘われてここを訪れ、静かに身を横たえて、自ら死んだと言われても信じるだろう。銀の篦《へら》で調べさせたが、毒を呷《あお》った様子は無かった」

「では、どうやって死んだのですか」

「首が花菖蒲の花で隠れていた。花を取り除《の》けると赤い痣《あざ》があった。首を絞められて殺されたのだ。骸がどんなに綺麗に装われていても、娘が命を奪われたことに変わりはない。この狼藉《ろうぜき》、断じて許せぬ」

田端は拳を固めた。

――錦絵に描かれた娘が殺された――

季蔵はがーんと頭を殴られたような動揺を禁じ得なかった。

――あの時と同じだ――

かつて、季蔵の許嫁瑠璃に横恋慕した主家の嫡男鷲尾《わしお》影守《かげもり》は、色欲の牙《きば》を市井《しせい》の娘たちにも伸ばし、何人もの花の命を絶ち続けたことがあった。

影守は父影親《かげちか》と雪見舟の中で相討ちとなって絶命し、もうこの世にはいない。

――あんなことはもう、二度と起きまいと思っていたのに――

季蔵は邪悪な思いを残して果てた影守が、今再び、この世に舞い戻ってきたかのような戦慄《せんりつ》を覚えた。

――下手人《げしゅにん》が影守のような相手なら、まだまだ、この先、繰り返される。何としても、早々に相手の正体を白日の元に晒《さら》さねば――

「骸は今どちらに？」

季蔵は訊かずにはいられなかった。

「線香をあげさせていただけませんか？」

「俺たちが見逃してるっていうのかい？」

松次は鼻白《はなじろ》んだが、

「いいだろう」

頷いた田端は立ち上がった。

六

「後を頼む」

季蔵は裏庭で薄切りにした白瓜《しろうり》を干していた下働きの三吉《さんきち》に声を掛けると、田端たちと一緒に番屋へと向かった。

番屋の前でめくら縞《じま》の単衣《ひとえ》に身を包んだ大年増《おおどしま》に出くわすと、

「嘘《うそ》なんでしょう」

思い詰めた目で田端を見据えた。

「殺《あや》められたなんて――」

田端は困惑した顔で押し黙っている。

「あんた、おしずのおっかさんだな」

松次が訊いた。

「そんなことより、娘が――」

「まずは気を鎮めるんだよ。あんたの名は？」

松次の声音《こわね》は優しかった。

「茅町の荒物屋のしのです」

「そうか、やっぱり、おっかさんだったか」

一瞬、顔を伏せた松次は、

「さあ――」

番屋の前で立ち尽くしているおしのの肩をそっと押した。

おしずの骸は番屋の土間に筵《むしろ》を被《かぶ》せられて横たえられている。

松次は筵をめくって、

「辛いだろうが、確かめてくんな」

母親に娘の骸を見せた。

花菖蒲の臥所ではなく、冷たい土間に寝かせられているせいで、もはや、観音菩薩には見えなかった。

雪のように白い肌が生気を失って乾き始めている。

「おしず」

おしのは絶叫したが、すぐには骸に駆け寄ることができずに、立ちすくんだままでいる。

そして、

「おしずじゃない」

しばらく頑固に首を横に振り続けた。

「おしずがこんな風になるわけがない」

松次は季蔵の耳元で、

「こんな時には、たいていの親がこうなるんだ」

掠《かす》れた声で囁《ささや》き、田端は見ていなければならない辛さを無表情の中に押し隠している。

――よくわかる。人はとかく、真の悲しみが我が身に降ってきた時、悲しみの元を認めたくないものだろうから。親なら誰でも、慈《いつく》しんで育てた子どもに、突然、このように先立たれて、すぐには得心が行かないはずだ――

小半刻（約三十分）以上、三人はおしのと一緒にその場に立ち尽くしていた。

「娘のしずに間違いありません」

やっと認めたおしのの目から涙がこぼれた。

「おしず」

崩れるようにして骸の脇にへたり込んだおしのは、

「おしず、おしず、どうしてこんな姿に――」

涙が涸《か》れるまで、娘の骸を抱いて泣き続けた。

「調べを終えたら、娘は家に返す。ねんごろに供養してやれ」

田端は娘の骸のそばに座ったまま、動けなくなったおしのに手を貸し立たせると、人を頼んで茅町まで送らせた。

季蔵は無言でおしのを見送った。

——これほど嘆き悲しんでいるおっかさんのためにも、憎き下手人の手掛かりを捕《つか》まなければ——

「何か気がついたか？」

田端に訊かれると、

「おしずさんの骸はどのようにして、ここまで運ばれたのかと——」

「いつも通り、川原から戸板にのせて運んだのさ」

松次はそれがどうしたといわんばかりの顔で睨《にら》んだ。

「髪を結い直してはいませんね」

季蔵は念を押した。

「そんなことするわけねえだろう。化粧や身繕《みづくろ》いは、仏さんの家族がやるもんだ」

「何が言いたい？」

焦《じ》れた様子で田端が眉尻《まゆじり》を上げた。

「おしずさんは川原で亡くなったのではないと思います」

「なにゆえにそう思う？」

季蔵は手を合わせると、筵の端を少しめくった。

「おしずさんの髪には一筋の乱れもありません。川原に押し倒されて首を絞められたとしたら、当然、髷《まげ》が崩れているはずです」

「下手人は別の場所でおしずを殺して、川原へ運んだというのだな」

「けど、首を絞められれば、苦しがって暴れるから、髪は乱れるぜ」

松次は首をかしげた。

「この簪《かんざし》が気になります」

季蔵はおしずが挿していた椿《つばき》の花の簪を指差した。

真紅《しんく》の椿は色こそ華やかだったが、布と針金で出来ている粗末な品である。

「おおかた簪売りとでもすれ違ったんだろう」

市中を売り歩く簪売りが売っているのは、紙や布で細工した安価な簪であった。通りすがると、女の子の玩具《おもちゃ》代わりと見なして、親が買い与えることが多かった。

「たしかに着ているものとそぐわない」

田端は季蔵の目に頷いた。

荒物屋の看板娘だったおしずの着物は、古着ではあろうが、牡丹《ぼたん》色の地に白い蝶《ちょう》が染め出されている友禅であった。

「娘盛りといやあ、安物の簪を挿さねえかもしんねえな――」

松次はそれほど、もう幼くはない、おしずの整った顔を見つめている。

「まさか――」

田端と松次が同時に声を上げた。

「おしずさんは殺された後、髪を結い直されて、その髪にこの簪を挿されたのではないかと思います」

季蔵は思うところを口にした。

「下手人が骸に細工したってことだな」

松次は目を剝《む》いてぼやいた。

「そんな気味の悪いことをする奴がこの世にいるのか――」

一方、田端は苛立《いらだ》った声で、

「医者はまだか？」

戸口を凝視した。

それから半刻（約一時間）ほどして訪れた牢医は、くまなく骸を調べ、

「骸は裾が乱れていないだけではなく、清らかなままでした」

と田端に告げた。

田端は驚きをまた、無表情に押さえ込んだ。

「こりゃあ、大変だ。女好きで手の早いごろつきなら幾らでも知ってる。そいつらの一人の仕業だと思ってたが――」

頭を抱えた松次だったが、

「いや、やっぱし連中の仕業だな。おしずをどうにかしようとして、嫌がられたんで、つい首に手が掛かったんだろう。旦那、あっしは思い当たる、助平なごろつき連中を当たってきますぜ」

松次は番屋を飛び出して行った。

「下手人はごろつきの中にいると思うか？」

田端は季蔵に訊いた。

「わかりません。ですが、松次親分のおっしゃるような女好きで手が早く、弾みで相手を殺してしまうような手合いが、わざわざ、骸を花菖蒲の臥所に寝かせるとは思えません」

田端は頷き、

「その手合いなら、ざんぶりと大川にでも放り込んで済ませそうだ」

と言った。

塩梅屋へ戻ると、

「どこへ行ってたの？」

おき玖《ま》が帰っていた。

骸を目の当たりにして、気を滅入《めい》らせていた季蔵は、おしずの死に顔とおき玖の顔が重なって見えた。

――この店の中にまで死臭を持ち込んではいけない――

季蔵はまだ強《こわ》ばっている顔を俯けて、

「ぶらぶらとそこらを歩けば、みよしのご主人のお目に叶いそうな涼み菓子を思いつくのではないかと――」

「それで考えついた？」

「いいえ、それが――」

季蔵は苦笑して、

「忍術遣いの松葉は見つかりましたか？」

厨の片隅に置かれた松葉の束を見た。

「摘んできた松葉が忍術遣いかどうかは、まだわからないわ」

ため息をついたおき玖は、

「早速、松葉飴が出来るかどうか、試してみるつもりだけれど。そうそう、さっき、豪助さんが来たのよ。何でも、とっておきの水菓子を思いついたんだとか――。初物だという大きな西瓜《すいか》を置いてったから、井戸で冷やしてあるのよ。ねえ、西瓜を使った涼み菓子って、どんな技のものかしら？」

「西瓜はたしかに涼み菓子にふさわしいです。とはいえ、よく冷やして割って食べるほかに思いつきません」

西瓜に料理法があるとは思えなかった。

「そうでしょう? でも、ただ半月に切っただけの冷やし西瓜なんかじゃ、おれいさんのおとっつぁんが認めてくれるはずないわ。何、考えてるんだろう、豪助さん」

「豪助は松次親分や御奉行と並んで食い道楽ですから、何か、妙案があるのだと思います」

二人は豪助を待つことにした。

七

豪助が訪れたのは翌日の昼すぎであった。

「昨日の西瓜、ちょうど食べ頃に冷えてるわ」

おき玖の言葉に、

「えっ、冷やしちまったのかい」

豪助はしまったと頭に手をやった。

「あら、冷やして悪かった? でも、西瓜だもの」

「そりゃあ、そうなんだが――」

当惑顔の豪助に、

「冷やし西瓜のほかに食べ方を思いついたのか?」

季蔵は訊いた。

「実はそうなんだ」

「それ、冷やしちまうと駄目なの？」

「そんなことはないが、冷やした手間が無駄になっちまって申しわけねえ」

「いいのよ、気にしないで」

おき玖は井戸へ西瓜を取りに行った。

「それにしても、立派な西瓜だわ」

「美味そうだね」

居合わせていた三吉が唾《つば》を飲み込んだ。

豪助はこんこんと西瓜の皮を叩いて、

「ちょいと食ってみるか」

「でも、今の話じゃ、料理に使うんでしょう？」

三吉が季蔵を窺《うかが》うと、

「いいんだ、全部、使うわけじゃない」

豪助が言い、初物の西瓜が分けられた。

「綺麗な色ねえ」

おき玖は桃色の勝った果肉の赤色に見惚れた。

「昔の人はこの色と形から生首を想い描いて、嫌がったんだって、いつだったか、おとっつぁんが言ってたわ」

「西鶴《さいかく》の〝好色一代男〟に、〝寝覚《ねざめ》の菜好《なごのみ》〟ってえのがあるのを知ってるかい？」

茶屋通いが止《や》められない豪助は、意外にも西鶴好きでもあった。

「世之介がお高く止まってる吉原の太夫《たゆう》たちを、さんざんに嗤《わら》い飛ばす下りだったわね」

おき玖も知っていた。

「あれに西瓜と心太が出てくるだろ」

「太夫の出っ歯を西瓜を食べさせて暴《あば》いたり、心太を食べた太夫は、〝むまひなあ〟と言ってお里が知れちまうんだったわね」

「出っ歯じゃなくたって、西瓜は食えるよ」

三吉が早く食べたくてうずうずしていることに気づいた季蔵は、

「それじゃ、早い者勝ちと行こう」

大きな盆に盛られた半月形の西瓜の切れに手を伸ばした。

配られた皿は西瓜の種を吐き出すためのものであった。切った冷やし西瓜を囲むと、たいていは食べ競べのようになる。

中でも、ひときわ熱心に三吉は食べ続け、最後の一切れを手にすると、

「やっぱし、出っ歯はよけい西瓜を食えるかもしんねえな」

無邪気なため息をついた。

「さすが初物。瑞々《みずみず》しい西瓜だったわ」

おき玖は西瓜の味を堪能した。

「甘みがちょい、まだ足りねえな」

豪助はしかめ面《つら》をしている。

「思いついたのは、西瓜の甘みを使った菓子なんだな？」

季蔵が見当をつけると、

「そうなんだが――」

豪助は口ごもった。

「もっと西瓜が甘くねえと――」

「言ってみろ」

「種を取った西瓜の赤いところを小指の先ほどに刻んで、寒天を煮溶かした甘酒で寄せたら、紅と白、色の取り合わせも綺麗でめでてえし、なかなか洒落《しゃれ》た涼み菓子になると思ったんだ」

「ようは西瓜の甘酒寒天寄せね。とにかく、甘酒を使うのがいいわ。凄《すご》い。何ってたって、みよしは評判の甘酒屋だもの。きっと、ご主人のお目にも叶うはず――」

すぐにおき玖は賛成し、

「でも、この西瓜の甘さじゃなあ――」

浮かぬ顔でいる豪助を尻目に、

「甘酒入りの寒天で寄せるんだから、大丈夫よ。ただし、甘酒は腕によりをかけて拵えなければ。あたしの作る甘酒だって、捨てたもんじゃないんだから、任しといて」

おき玖は、はしゃぎ気味に両袖《そで》をまくりあげて見せた。

「たしかにそうだな」

季蔵が豪助に目で頷いた。

「おいら黒豆の寒天寄せを食ったことがある。最初に寒天の甘味がぱーっと口ん中に広がって、その次に黒豆の煮付けた甘い味がした。二つのちがう甘さだから得した気分だったよ」

その時の甘さを口の中に思い出したらしい三吉に、

「寄せ物では、寒天の味と寄せてある物の味は混ざりにくいものだからな」

季蔵がつけ加えた。

「この西瓜じゃ、後口に水っぽい甘さが残るってことだよな」

豪助は肩を落として、

「それじゃ、おれいのおとっつぁんに、〝こんな不味いものは食えるか〟って、吐き出されちまうに決まってる。せっかく、苦労して、初物を探し当ててきたが、こいつは半月で食うに限るってことか――」

重いため息をついた。

――季蔵さん、何とかしてあげて――

おき玖は季蔵を懇願のまなざしで見た。

「西瓜料理で思いつくのは、前にとっつぁんとお客さんが話しているのを耳にした西瓜糖だけです」

季蔵はおき玖に告げた。

「何？　その西瓜糖って？」

「何でも、西瓜は腎《じん》の臓に薬効があると言われているそうで、そこに目をつけた何とかという薬種問屋が、西瓜のない冬場の備えにと、売り出したものだとお客さんから聞きました。とっつぁんに訊くと、〝薬にもなるんだろうが、ようは菓子さ〟と言ってました。かぶりつかないと食べられない冷やし西瓜を嫌う、お大名等の高貴な人たちに、たいそう、もてはやされている菓子のようです」

「それで作り方は？　おとっつぁんのことだから、当然、教えてくれたんでしょう？」

「ええ、それが――」

「聞いてなかったの？」

「種をとった西瓜の果肉を適当な大きさに切って、砂糖と一緒に煮詰めるとだけ――」

「それじゃ、西瓜の餡《あん》ね」

「小豆《あずき》には水を使いますが、西瓜となると、一滴も水は使いません。餡のようには固まらないそうです」

「西瓜の水飴か――」

豪助が呟いた。

「まあ、そんなものなのだろうが、煮詰めてから、西瓜の滓《かす》を漉《こ》して、冷やして飲むそうだ」

「砂糖と一緒にぐつぐつ煮込めば、きっと、甘い西瓜の味が出るわ。早速、拵えてみましょうよ」

おき玖に促されて季蔵は西瓜糖に取りかかった。

井戸で冷やして、出来上がったどろりとした西瓜糖を見て、

「まあ、鮮やかな赤。煮詰まってるせいで赤の色まで濃くなってる。あたし、好きなのよね、こういう元気が出そうな色」

おき玖が歓声を上げた。

「まずは一口」

おき玖は小皿に西瓜糖を移して舐めた。

「いかがです?」

季蔵に訊かれると、

「そうねえ――」

しばし、おき玖は目を泳がせて、

「三吉、舐めてみて」

小皿を三吉に渡した。

「へい」

三吉はぺろぺろと長い舌を小皿に這《は》わせて、

「おいら、甘いのはすぎるってことがねえほど大好きだが、どうせ、同じ水飴なら、青臭

い匂いが鼻をつく、西瓜なんぞが入ってねえ方がいいや」

正直な感想を口にした。

季蔵と豪助も各々《おのおの》、小皿に取って舐めた。

「こりゃ、甘すぎる」

豪助はすぐに小皿を置いた。

「うーん」

季蔵が小皿を手にしたままでいると、

「水を足して薄めて、生姜汁を入れてみてはどうかしら？」

おき玖が生姜の入った籠《かご》に目を遣った。

「きっと、甘さがいい塩梅になって、青臭さが無くなると思うわ」

「甘さと香りを加減すると、癖が無くなって飲みやすくはなるでしょう。西瓜糖を薬で飲むにはそれでいいのかもしれません。けれど、菓子となるとどうでしょう？　せっかくの西瓜の香りを消すのは勿体《もったい》ないように思います」

「このままの西瓜糖を菓子に使う算段なんて、俺にはとても、思いつかねえ。俺も西瓜糖みてえに、おれいのおとっつぁんから見限られるのかな」

豪助は自棄《やけ》な物言いをした。

――西瓜特有の青臭さは時季の香りでもある。これを美味《おい》しく活かすことはできないものだろうか――

季蔵は腕組みをしたまま、さらに深く考え込んだ。

第二話　婿《むこ》入り白玉

一

――奇を衒《てら》ったものは駄目だ。みよしの一枚看板の甘酒や、おれいさんのおっかさんの遺《のこ》した冷やしあめのように、お客さんたちに馴染《なじ》みがあったり、どこかなつかしい感じのある涼み菓子でなければならないだろうし――

季蔵《としぞう》はふと、まばゆいほどに白さが際立つ白玉が頭に浮かんだ。

黒塗りの桶《おけ》を担ぎ、〝かんざらし、しら玉〟と声を上げて売り歩く市中の白玉売りは、江戸の夏の風物詩であった。

この白玉は白砂糖を掛けて食べるのが普通だが、黒蜜《くろみつ》を掛けたり、汁粉《しるこ》に入れたりもする。

白玉そのものは、白い色だけではなく、半量に紅が混ぜられて、紅白白玉として売られることもあった。これは色が綺麗《きれい》なので女子に好まれる。豪助《ごうすけ》が西瓜《すいか》の赤と寒天を煮溶かした甘酒を合わせようとしたのも、これに案を得たものと思われた。

——子どもの頃から馴染み深い白玉を嫌いな人はいない。よし、これでやってみよう——

そう決めた季蔵が、

「西瓜糖を使った涼み菓子を、わたしなりに何とか考えつきそうです。試した後でお披露目したいので、明後日《あさって》の今時分、ここで——」

おき玖《く》に向かって告げると、

「わかった。兄貴、頼りにしてるぜ」

代わりに応《こた》えた豪助は、ほっと安堵《あんど》のため息をついて店を出て行った。

翌日、その日の仕込みを終えた季蔵は、薬種問屋の多い日本橋本町三丁目に足を向けることにした。

薬種問屋で売られている黒砂糖をもとめるためであった。

「どこへ行くの?」

訝《いぶか》しげにおき玖に訊《き》かれた時、

「黒砂糖を買いに」

真っ正直に答えると、

「あら、黒砂糖ならまだうちに沢山、残ってるじゃないの」

ますます訝しがられた。

「まあ、ちょっと――」

口を濁した季蔵をおき玖は不安な面持ちで送り出した。

――見え透いてるわ――

おき玖は時折、季蔵が店から姿を消すのは、自分には言えない艶《つや》っぽい事情があるのではないかと思い込んでいる。

――瑠璃《るり》さんのところなら、そうだと言うはずだし――

瑠璃なら季蔵の許嫁《いいなずけ》だったのだから、仕様がないと諦《あきら》められるが、相手が別に居るのかもしれないとなると、おき玖の胸中は穏やかではなかった。

おき玖は季蔵を想《おも》い続けてきていた。

――季蔵さんと会っていなかったら、豪助さんの言葉もうれしかったかもしれない――

おき玖は長いつきあいの豪助を嫌ってはいなかった。男ぶりは悪くないし、やんちゃな弟のようなところも可愛《かわい》いと思う。

だが、豪助に対する感情は、桜の花見に出かけた時のようなうららかな心地よさにすぎない。季蔵に持ち合わせている、我が身が焼き焦げてしまうかのような情熱とは無縁だった。

おき玖はこれこそ、人を想う心だと気がついていた。それがどんなに辛《つら》く切なくても、これ意外の想いで、自分を誤魔化すことはできないだろうという気がする。

――会ってはいけない人に会ってしまったのかも――

そう思い詰めることもないではなかったが、たいていは、日々、季蔵のそばにいる幸せでおき玖の心は満ち足りている。

――何が幸せなのかは、人によって違うのだろうけど――。あたしはきっと、もう、好きな人と添って所帯を持ったりは出来ないだろう。だからこそ、豪助さんには人並みに幸せになってもらいたい――

ただただ、豪助の幸せを祈るおき玖は、

「松葉《まつば》飴《あめ》は松葉の気まぐれで出来るもんだから、二日過ぎたら、いつが飲み頃か、松葉の神のみぞ知る代物《しろもの》さ。目を離しちゃいけない」

長次郎《ちょうじろう》が言っていたことを思い出し、もう、そろそろかもしれないと、泡の浮き始めている松葉飴の栓を抜いてみた。

――これが上手《うま》くできれば、豪助さんはみよしの婿に決まりのはず――

どきどきしながら、味見したが、

「何、これ」

思わず声を上げたのは、あまりに苦かったからである。

――やっぱり、駄目なのかしら。おとっつぁんの持ってきた松葉でないと――

あーあとため息をつきながら、気落ちしてしまったおき玖は、瓶《かめ》の苦い松葉飴をすぐに始末した。

一方、おき玖の熱い想いに気がついていない季蔵は、日本橋本町に歩を進めながらひたすら悔いていた。

——お役目では出ることが多いので、今まで、目的や行き先は曖昧《あいまい》にしていたが、今日はお役目ではなかったというのに、黒砂糖のことで辻褄《つじつま》の合わない受け答えをしてしまった。このところずっと、わたしが店を留守にする時、お嬢さんは怪訝《けげん》そうだ。もしかして、あのことに気がついているのかもしれない——

あのことというのは、もちろん、先代から引き継いでいる裏のお役目のことである。

——お嬢さんにだけは気づかれてはならない——

季蔵が隠れ者であるとおき玖に知られた時は、先代から引き継いだ事情を話さないではいられないだろう。当然、おき玖の父の生きざまに触れることとなり、咎人《とがにん》だった母についても避けることはできない。

——今後は細心の注意を払わなければ——

日本橋本町の薬屋を廻《まわ》って帰ってきた季蔵は、

「ちょっと、お嬢さん、いらしてください」

二階のおき玖に声を掛けた。

——理由を話せば、不審な外出とは思わないだろう——

階段を下りてきたおき玖は、

「何かしら？」

季蔵が手にしている、黒砂糖の入った二袋に目を止めた。

「お嬢さんに試してほしいものがあるのです」

「わかったわ」

おき玖は床几《しょうぎ》に腰掛けた。

季蔵は糯米《もちごめ》を水でこねて丸くまるめ、ぐらぐらと煮立たせた鍋で茹《ゆ》で上げていく。

「白玉ね」

おき玖は目を瞠《みは》った。今時分は、あまりにありふれた食べ物だったので、逆に驚いたのである。

——でも、白玉なんかじゃ——

季蔵は茹で上げた白玉を、井戸水を張った桶に放《はな》って冷やすと、黒蜜を作り始めた。同量の黒砂糖、ざらめ、水を煮詰めると黒蜜が出来上がる。

季蔵はこれを小鍋で三種拵《こしら》えた。

一種は店で使っている黒砂糖を使ったもの、あとの二種の黒蜜は、今ほどもとめてきたものが使われた。

——白玉の黒蜜掛けなんて、ありふれすぎてると思ったけど、これにはきっと、季蔵さんならではの飛びっきりの技があるんだわ——

おき玖は胸がわくわくしてきた。

——季蔵さんへの想いと、季蔵さんが作る料理が一緒に熱く感じられるのね——

季蔵は出来上がった三種の黒蜜に器に保存していた西瓜糖を一匙《ひとさじ》加えると、皿に盛りつけた白玉に掛けた。

すかさず作り置いている冷茶も添えた。

「一皿ずつ、冷茶で口直しをしながら召し上がってみてください」

「わざわざ、三種、作るってことは、同じように見えて、実は味が違うってことでしょ」

「その通りです。お嬢さんなら味の違いがおわかりになるはずです」

――これには豪助さんの婿入りがかかってるかもしれないものね。さあ、頑張らなくちゃ――

おき玖は心の中で腕まくりをして、菓子楊枝《ようじ》を手にした。

ちょうど程よく小腹が空《す》いていたせいもあって、おき玖は次々に美味《おい》しく、西瓜糖風味の黒蜜が掛かった白玉を平らげた。

「いかがでした？」

季蔵は真剣なまなざしを向けている。

「それぞれ、西瓜の香りが違うのがわかったわ。黒蜜よりも強く感じられるもの、黒蜜と同じくらいのもの、黒蜜の香りの方が強くて、西瓜の香りがほとんどしないもの――。これは黒蜜の香りの強弱が胆《きも》なのね」

頷《うなず》いた季蔵は、

「ちなみにうちにあったのは、一番香りの強い黒砂糖でした。これに西瓜糖で風味づけしても、その風味を殺してしまうので、もう少し、香りの弱い黒砂糖を探しに廻っていたのです」

「たしかにせっかく西瓜糖で涼み菓子にふさわしい、夏の風味を加えても、それが活きていなければつまらないものね。ただし、青臭さが強すぎるのはどうも――。あたしは西瓜と黒蜜の香りが同じくらいで、ほどよく白玉の歯応えに溶け合ってるのが好みよ」

二

「実はわたしもそう感じていたのです」

季蔵はほっとして緊張を緩めた。

「西瓜の青臭さもほどよいと涼しげな夏の香りよ。これはきっと、みよしのご主人も感心されるわ。ところで、何という名の白玉にするの？　西瓜風味の黒蜜掛け白玉じゃ、長いし野暮《やぼ》くさい――」

「そうですね」

季蔵は料理の命名がさほど得意ではなかった。

「いっそ、婿取り白玉というのはどうかしら？　これだと、ご主人の娘を想う気持ちが溢《あふ》れてるでしょ」

「しかし、こちらは、豪助を婿にしてもらうために、この白玉を拵えて食べてみていただく側です。こちらで作っておいて、婿取りと名づけるのは、図々しすぎるだけではなく、偉そうです。気分を害されるのではないかと――」

「それじゃ、婿入り白玉としては？　これだと初めから婿になると決めてかかっていて、もっと図々しいようだけれど、婿になりたいというひたむきさは伝わるわ。少なくとも、婿取りよりは婿入りの方が、偉そうではないもの」

「たしかに」

こうして、西瓜の風味が加わった黒蜜で食する白玉は、婿入り白玉と名づけられた。

「季蔵さんがこの白玉をお披露目するのは、豪助さんや三吉《さんきち》を交えて、明日のはずだったでしょう？　それなのにいいの？　あたし一人が黒蜜は三種のうち、これだと決めてしまったり、名前まで決めちまったりして――」

おき玖は案じた。

「お嬢さんの舌はとっつぁん譲りで、信じるに足ります」

季蔵は言い切った。

「それに勘の良さや粋心《いきごころ》はわたしなど、足許《あしもと》にも及びません」

「あら、珍しい。季蔵さんに褒められるなんて。季蔵さんはお世辞の言えない人だと思ってたわ」

思わず返したおき玖だったが、

――こういう褒められ方じゃねえ、女はうれしくないものなんだけど――。ま、仕方ないわ――

複雑な胸中であった。

「神にかけて世辞ではありません」

季蔵は真顔である。

――ただし、味見は明日にしてもよかった――

外出の理由を明らかにして、おき玖に不審がられまいとしたのは事実であった。

――季蔵さん、戸惑ってる――

おき玖は心に波立つものを感じた。

――これって、やっぱり、他所《よそ》に誰か、意中の人がいて、怪しまれないためだったのかもしれないわ――

翌日の昼過ぎて、塩梅屋《あんばいや》を訪れた豪助は、西瓜の風味の塩梅のよさを褒めちぎった。

「黒砂糖とは気がつかなかったな。白砂糖じゃ、西瓜の香りに負けちまうが、黒砂糖を使った黒蜜となりゃあ、ちょうどいい具合に、青臭さを抑えこむ。白玉に黒蜜ってえのは定番で、たいした面白味もねえもんだが、ここに西瓜の香りがぷんと来ると、味なもんだよ。粋好きの江戸っ子にはたまんねえ。これなら、間違いなく、おれいのおやじをうんと言わせられる」

相伴《しょうばん》に与《あずか》った三吉は、いつものようにむしゃむしゃとは食べず、

「何か、おいら、大人になったような気がするよ」

西瓜と黒蜜による絶妙な風味をしみじみと味わった。

この日の夜、四ツ（午後十時頃）の鐘を聞いた季蔵が、そろそろ休もうかと床《とこ》をのべた

ところへ、

「兄貴いるかい？」

豪助が油障子を開けた。

「どうやら、婿入り白玉になることができたようだな」

季蔵は微笑《ほほえ》んだ。

「兄貴のおかげだよ」

豪助は照れくさそうに笑ったが、紅潮したその顔は幸福感で溢れている。

「ただ、おれいのおやじさんは手強《てごわ》かったよ。どうやって、婿入り白玉を思いついたのか、根掘り葉掘り訊くんだから、やりきれねえ」

「おまえのことだ。正直に応えたはずだ」

「俺の思いつきの西瓜の甘酒寒天寄せのことも話したよ。おやじさんに、〝うちが甘酒屋とわかっていて、思いついたのはあざとすぎる〟って痛いところを突かれた。もっとも、その後、すぐ、にやっと笑って、〝食べ物屋の婿はあざといぐらいでいいんだ〟って、変な褒められ方したけど——。それから、西瓜の甘酒寒天寄せが不味《まず》くて駄目だとわかって、兄貴が助けてくれた話になると、〝甘酒屋と一膳飯屋は商いの中身はちょいと違うが、同じ食べ物屋、ようは競い合う者同士だ。なのに、塩梅屋の主《あるじ》はそこを押して、親身になってくれた。いい友達に恵まれるのは、あんたの心がけがいいからだ。友達は人の世のかけがえのない宝だよ〟って感心された。後はもう、祝いの酒まで出てきて、とんとん拍子に進んだ。俺、来月、晴れて、みよしの婿になるんだ。おっかさんがいなくなって、ずっと一人ぼっちだったけど、女房や義理とはいえおとっつぁんが出来て、そのうち、血を分けた子どもだって生まれる。家族っていいもんだね。俺、どうして、今まで所帯を持とうと思わなかったんだろ。こんなに温《あ》ったけえもんなのに――」

豪助は目を細めた。

「よかったな」

季蔵は心から豪助を祝った。

翌日、この成り行きを聞いたおき玖は、

「まあ――」

うれし涙で声を詰まらせた。

三吉は、

「豪助さんはあの通りだし、みよしのおれいさんは評判の小町娘。これからみよしは、美男美女の若夫婦が大看板になるんだね」

瓦版屋《かわらばんや》が書き立てそうな感想を洩《も》らした。

この話はまたたく間に江戸市中に知れ渡った。善平《ぜんぺい》が今後のみよしの商いに役立つと考えて、婿入り白玉にまつわる話を瓦版屋に語ったからである。

相合い傘で目と目を交わしている、豪助とおれいの絵姿が瓦版に摺《す》られると、これが飛ぶように売れた。

「大騒ぎですね」

これには季蔵も呆《あき》れた。

「人の口に上ると、たとえおめでたいことでも、妬《ねた》まれたりするものよ。おれいさんのおとっつぁん、商売熱心が過ぎる。祝言前の豪助さんやおれいさんが、世間の風当たりに負けないといいけど」

おき玖は眉《まゆ》をひそめた。

激しい雨が止《や》まずに降り続いた夜、季蔵が早めに三吉を帰して、後片付けをしていると、がらりと音がして、

「兄貴」

どしゃぶりに祟《たた》られてずぶ濡《ぬ》れの豪助が、戸口に立っていた。

「いったい、どうしたんだ？」

豪助の顔は死人のように蒼白《そうはく》である。

「おれいが——おやじさんも——」

豪助は掠《かす》れた声を出した。

「とにかく中へ入れ」

「どうしたの？」

物音を聞きつけて、二階からおき玖が下りてきた。

ただならない豪助の様子に、

――祝言《しゅうげん》を前にしてありがちな痴話喧嘩《ちわげんか》には見えないけれど――

「豪助さん、そんなに濡れては身体に毒。まずは着替えないと」

おき玖は二階に戻ると、手拭《てぬぐ》いと残してあった長次郎の形見の普段着を持ってきた。

豪助はおき玖に促されて小上がりに上がった。おき玖は姉のような優しさで、褌《ふんどし》一つになった豪助の身体を拭《ふ》いて着替えさせている。

その間、季蔵は一度落とした火を熾《おこ》して、酒に燗《かん》をつけた。

「まずは温まれ」

立ったまま豪助は、湯呑《ゆの》みの熱燗をぐいと飲み干した。

「いったい、おれいさんや善平さんがどうしたというんだ？」

落ち着いたところで季蔵は訊いた。

「死んだ」

豪助がぽつり呟《つぶや》いた。

帯《おび》を結んでいたおき玖の手が止まった。

「殺されたんだ」

畳の上に腰をおろすと、豪助は堰《せき》を切ったように話し始めた。

婿入りすると決まった豪助は、このところ、縁台の出し入れ等みよしの手伝いをしていたという。この日も、朝早く、縁台を出す手伝いに行き、みよしが店仕舞いする頃に再び立ち寄ったところ、呼びかけても二人の姿は見えなかった――。

「俺を当てにして縁台はそのままにして、おおかた、身内にでも急用があって、父娘で出かけたんだろうと、その時は思った。ただ、おれいもおやじさんも几帳面《きちょうめん》な気性だ。なのに、置き手紙一つなかったのが、どうにも気がかりだったのさ。それで、夜も更けてきて、雨も降ってきたけど、もういっぺんみよしに行ってみたんだ――」

二人の帰ってきた様子はなかった。帰らないつもりで遠出をするのなら、自分に必ず一報あるはずだと、豪助は確信して、

「多少は勝手がわかるみよしの家の中を探した。そうしたら――」

絶句した豪助の顔は再び、蒼白に固まった。

三

豪助はおれいの部屋の押し入れの中で、重なり合って果てている父娘の骸《むくろ》を見つけたという。

「信じられない」

豪助は頭を左右に激しく振った。

「悪い夢だと思いたい。けど、本当なんだ。いったい、誰が、どこのどいつがあんな酷いことを――」

両の拳《こぶし》を固めた豪助の顔から、ぽろぽろと涙がこぼれ落ちた。

「酷い、酷いよお」

悲鳴のように叫んで号泣する。

その後、

「信じられない」

また繰り返した。

「飲め」

季蔵は酒を勧めた。

「いらない」

豪助は頑固に首を横に振った。

「とにかく今は酒を飲むんだ。俺もつきあう」

湯呑みを引き寄せて酒を注《つ》いだ季蔵は、いつになく性急にぐいと飲み干した。

――こんな時は何でもいいから、ほんの一時、悲しみが紛れないとたまらない――

渋々豪助が倣《なら》うと、

「はい、どうぞ」

おき玖はすでに次の燗を用意していた。

この後、季蔵と豪助は交代で、湯呑み酒の一気飲みを続けた。

酔えない酒で明け方までこれが続いた。夜が白み始める頃になってやっと、豪助は頬《ほお》に涙の跡を残したまま酔い潰《つぶ》れた。

雨は嘘《うそ》のように止んで、青い空からは朝日がまばゆく照りつけている。

「お嬢さん、豪助を頼みます」

店を出て、番屋へと向かう季蔵の背に、

「あたしもまだ、信じられない。信じたくない」

おき玖が呟いた。

季蔵が番屋でことの次第を話すと、早速、使いが田端《たばた》と松次《まつじ》のところへ走った。

やってきた二人を季蔵はみよしへと伴った。途中、松次は、

「婿入り先に行ってみたら、嫁になる娘とおやじが殺されてたって？　本当だとしたら、見つけた豪助ってえ船頭に、よーく話を訊かなきゃなんねえな」

口をへの字に結んだ。

――そうだった。いの一番に疑われるのは豪助だった――

季蔵は苦い思いがした。

「みよしのおやじ善平は、おれいってえ自分の娘の器量が自慢で、たいそう手の込んだ婿選びをしてたってえじゃねえか。祝言を前に気が変わって、一度決めた豪助に、婿にするのは止めたと剣突《けんつく》を食わせたんじゃねえのか。それで、豪助はかっとなって、おやじを手に掛けちまい、止めに入った娘も弾みで殺しちまった。骸は押し入れで見つけたってえ話だが、押し込みの仕業に見せるよう、わざとそうしたのかもしんねえぞ」

――なるほど、そういう憶測も成り立つのか――

季蔵は切なくなった。

――こんな時に、豪助が下手人だと疑われるとは――

三人はみよしの店先から中へと入った。

血の跡を辿《たど》って行くと、おれいの部屋へと続いている。

押し入れを開けた。

――これは――

思わず目を背けたくなるような光景であった。

父娘の血みどろの骸が重なっている。

「短刀でめった刺しだ。ったく、酷えことをしやがる」

「骸は下が娘で、上が父親か。娘の方が先に殺され、止めるか、逃げようとした父親が続いてやられた――」

田端が惨事の様子を再現した。

「ねらいはおれいさんの方だったということですね」

「そうだと思う」

――よかった。これで、豪助の仕業にされずに済む――

「この者たちは精一杯抗《あらが》っている」

田端は二人の掌《てのひら》や手首に付いた傷を指差した。

「そして、共に首を刺されて命を落とした。だが、その前に、腹と言わず、胸と言わず、いたぶるように刺されている」

――長く苦しんだということか――

季蔵はたまらない思いであった。

「恨みでしょうか？」

殺した理由がわかれば、下手人の見当もつけやすいのではないかと季蔵は思った。

「それもある」

田端が頷くと、

「やっぱりね」

松次はおれいの乱れた着物の裾《すそ》や、襟元《えりもと》を引き下げられて露《あら》わになっている胸に目を遣《や》った。胸にはくっきりと噛《か》み傷が刻まれている。

「助平心ってえのもほどほどにしねえといけねえもんだ。世の中、こいつが乗じすぎると、どうにも自分を抑えきれなくて、つい、やっちまう奴もいるんだよ」

暗い目になった松次は、半年ほど前に新材木町で起きた同様の事件を持ち出した。

「あの時殺《や》られたのは草双紙屋の母娘だった。姉妹と言っても通じる、界隈《かいわい》でも評判の母娘でね。女手一つで娘を育ててたんだ。この母親の方の裾も乱れてた。娘は十五歳かそこらだったてぇのに、目が覚めるほどの器量良しだったから、縁談がひきもきらなかったそうだ。だから、こんな風に母娘が殺られてるのを見た時は、正直、神も仏もないと思ったね」

「たしかにあの時の傷と同じだ。間違いない」

田端の目は嚙み傷に注がれている。

「下手人の見当はつかず終《じま》いなのですか？」

季蔵は訊かずにはいられなかった。

――おかしいな。どうして、今まで田端様や親分の話に出てこなかったのか――

田端たちが立ち寄った折、たいていは、関わった事件の話を洩らしていくのが常であった。

「まあな」

松次は惚《とぼ》けたが、

「森田藩下屋敷の中間《ちゆうげん》部屋」

田端がさらりと言ってのけた。

「旦那、そんなことおっしゃっちゃ、お奉行様に――」

あわてた松次に、

「一度は見逃した。だが、今回はこちらも覚悟がある」

田端は強い目で宙を睨《にら》んだ。

――烏谷《からすだに》様のご指示とあらば、これには子細がありそうだ――

季蔵はもう、これ以上、口を出してはまずいと判断した。

この日、暮れ六ツ（午後六時頃）の鐘が鳴り終わると、

「まいったぞ」

北町奉行烏谷椋十郎《りょうじゅうろう》の蛸《たこ》入道のような顔が塩梅屋の戸口を塞《ふさ》いだ。

「どうぞ、こちらへ」

季蔵は離れへと誘《いざな》った。

客であり上司でもある烏谷は、離れでもてなすと決めている。

「そちらから呼びつけておいて、これだけか」

大食漢の烏谷は、婿入り白玉と冷茶を前にため息をついた。

「これからお話しすることをお聞きになれば、さしもの食い道楽のお奉行でも、食が失《う》せることと思います」

季蔵は婿入り白玉についてと、豪助が婿入り先のみよしで骸を見つけた話をした。

「みよしが決めた婿とは、あの豪助だったのか」

烏谷は驚いた表情になった。

豪助とは去年、塩梅屋で行われた餅搗《もちつ》きの際に顔を合わせて、言葉を交わしていた。

「瓦版では男前の船頭とだけ書かれておったゆえ、知らなんだ」

日頃から地獄耳を自負している烏谷は、瓦版には欠かさず目を通している。

「豪助はさぞかし気を落としているだろう」

沈痛な面持ちの烏谷は婿入り白玉に、そっと菓子楊枝《ようじ》を突き刺して、

「とはいえ、わしの食い気はなくならんぞ」

あっという間に平らげたが、

「このおつな味は西瓜糖を黒蜜に混ぜおったな」

相変わらずの食通ぶりを発揮した。

「実は伺いたいことがございます」

季蔵は今回の惨殺に酷似しているという、新材木町の母娘殺しの一件を持ち出した。

「なにゆえ、詮議《せんぎ》なされなかったのかと気にかかっております」

「定町廻り同心の田端だな――」

烏谷はふうと大きく息をついた。

「そちに洩らすとは、相も変わらず余計なことをする」

言葉とは裏腹に、ははと可笑《おか》しそうに笑った烏谷は、憂鬱症気味ながら、正義の志高い田端宗太郎を憎からず思っていた。

四

「あやつは森田藩の中間部屋と言うたろうが」

烏谷は大きな目で季蔵の顔を覗《のぞ》き込んだ。

頷く代わりに目を合わせていると、

「どうやら、図星のようだな」

今度はにやりと笑って、

「旗本の中間部屋では、賭場《とば》が開張されていることもある。大名家で同じことが行われていても不思議はなかろう。森田藩池田《いけだ》家一万石の三田《みた》にある下屋敷で、十日に一度、大がかりな賭場が開かれておるのだ」

「しかし、お大名のお屋敷に市井《しせい》の下々が出入りするとは、到底思えません」

「季蔵、そちは博打《ばくち》をしたことがあるか？」

「いえ」

「実はわしもまだないが、やってみるには度胸がいる。話によれば一度嵌《はま》ると病みつきになる魔物だそうだ。となれば、日頃、算盤《そろばん》ばかり弾《はじ》いている商人たちが、飲み食いや女遊びのほかに、世間に隠れてこっそり、気の晴れる気晴らしをしたくなってもおかしくはない。森田藩の中間部屋には、名を挙げれば知らぬ者はない、大店《おおだな》の主や隠居が集《つど》っているのだという。相手が大金持ちとなると、賭《か》け金は大きく膨らみ、胴元は笑いが止まらないほど潤う」

「とはいえ、森田藩の池田家が、直々《じきじき》賭場を仕切っているとは思えません」

「世にある賭場同様、閻魔《えんま》の弥平次《やへいじ》が牛耳《ぎゅうじ》っている。弥平次も以前はごろつきたちを束ねて、親分風を吹かしていただけのちっぽけな男だったが、今では口入《くちいれ》屋の平子屋《ひらこや》を表看板にするまでにのしあがった。すべては、森田藩の中間部屋からの恩恵だ」

「弥平次が池田家と関わりを持つうちに武家奉公人の斡旋《あっせん》をする口入屋の看板を掲げるようになったとおっしゃいましたが、では、その関わりとは何なのでしょうか。弥平次のほかに美味《おい》しい思いができる黒幕がいるはずです」

「そちは森田藩の池田家と思っておるな」

「そのほかには考えられません」

「たしかに池田家にも場所代は入る。だが、儲《もう》けは弥平次の取り分を除いても、もっと莫《ばく》大《だい》だ。当世、逼迫《ひっぱく》しているのは大名たちだけではない」

「まさか――」

ぎょっとして季蔵は烏谷を見据えた。

「わしは弥平次を若い頃から知っている。何より、信じられるのは、そこそこの欲しか持ち合わせていないことだ」

「お奉行が弥平次を森田藩の賭場の胴元に据えたのですね」

――御定法《ごじょうほう》では博打はいかなるものでも、御法度《ごはっと》、破れば厳しいお咎《とが》めがあるというのに――。これだから、お奉行にはうっかりできない――

烏谷は世の中の酸《す》いも甘いも嚙み分けて、清濁併《あわ》せ呑んだ男だった。

「一昨年、秋の長雨により大川から向こうに相当な被害があった。幕府は、どこぞの藩に命じて治水工事をさせようとしたが、うまく逃げられてしまったそうだ。さりとて、幕府の金蔵は心許《こころもと》ない。そこでご老中は、わしと南町に助けをもとめたのだ。わしたちは、遊興好きだが、いざとなると怖《お》じ気《け》づく金持ちたちから、どうやったら、金を絞り取れるかを必死で考えた。秘密裡《り》に、しかも、安全に行われる賭場しかないと思いつくと、ご老中池田大和守正綱《やまとのかみまさつな》様が自らの支藩である森田藩を説き伏せ、結果、このような苦肉の策となったのだ。町人の利を掠《かす》め取るのは見苦しいことではあるが、唸《うな》るほどの財の一部が、日々の暮らしに追われている者たちの助けになるのは、人道上、そう悪いことではない」

烏谷は言い切った。

これには一理あると季蔵は得心する一方、理路整然と先を攻めた。

「ただし、新材木町の母娘殺害とこの賭場に関わりがあるのではないかと、お奉行がおっしゃって、田端様の動きを止められたのは、いかがなものでしょう」

「田端は母娘の亡骸《なきがら》のそばに、弥平次の口入屋で使われている手拭いが落ちているのを見つけ、弥平次の裏稼業を突き止めて、わしに告げた。わしが調べを差し止めたのは、大和守様や森田藩と、何があっても他言無用との固い密約を交わしていたからだ。先ほども申したが、これは武士たる我らにとって、未来永劫《えいごう》、決して、露見してはならない見苦しいことだ。だから仕方なかった」

烏谷は額に脂汗を噴き出させている。

「しかし、それゆえに下手人は野放しとなり、同様の惨事を繰り返したのですよ」

季蔵は棘《とげ》のある言葉を投げずにはいられなかった。

「その通りだ」

烏谷はがっくりと頭《こうべ》を垂れた。

「罪のない四人もの親娘が犠牲になってしまった――」

「弥平次の店と森田藩の中間部屋を徹底的に調べるべきです」

「それはできぬ。昨年の冬、城での不審火を覚えておろう。後の普請《ふしん》は森田藩の中間部屋のあがりで賄《まかな》われている。それでなくても、上様のお子様たちは数多く、大奥では出費が嵩《かさ》む。今や、市井の大尽たちの博打は、お上にとって大事な財源なのだ」

「まさか、また、調べを差し止めるおつもりではないでしょうね」

季蔵の口調は、よく光る包丁の切っ先のように鋭かった。

普段は親しく感じている烏谷が、不意に遠い存在になってしまったかのようだった。

——侍は何があっても、士分である自分たちを守り抜く。そのために、市井の人たちが酷い目に遭わされていたとしても、見て見ぬふりができる。何という身勝手、許し難い
憤怒《ふんぬ》が高じて、知らずと両の拳を固めていた。

「弥平次の店だけは調べを許すつもりだ」

烏谷はぼそりと言った。

「そこから、何も出てこなければ、終いですか?」

「前の時は手拭いだけで、田端たちは森田藩の中間部屋には行き着いた。今度は下手人を暴き出せる、確たる証《あかし》が見つかるかもしれぬ」

「下手人の疑いが森田藩のご家臣に掛かったら、どうなさいます?」

季蔵が思わず言い返すと、

「そちの言葉とも思えぬな」

烏谷は挑むような目でまた、にやりと笑った。

「みよしなる甘酒屋の父娘の殺傷傷は、短刀によるものだと、すでに田端から聞いておる。骸を見たと先ほど話しておったそちが、見誤ったとは思えぬ。念のため申しておくが、武士は短刀などというものは使わぬ」

今までにないことだったが、あれから豪助は毎夜のように塩梅屋を訪れて、酔い潰れるまで深酒を繰り返した。

酔いが廻ると、

「おれいとおやじさんをあんな目に遭わせたのは、いってい、どこのどいつなんでえ？」

酔眼を宙に据えて、季蔵に殴りかかってくる。

「よし、思いきり殴れ」

そう言って、季蔵が仁王立ちになると、豪助は急におおいと泣き出して、子どものように胸にすがりついた。

「心配だわ」

おき玖は案じた。

眠っている豪助の頬から、涙の筋が消えないのが辛くてならない。

「悲しみが癒えるには時がかかります」

季蔵は自分に出来るのは、一緒に酒を汲《く》むことぐらいだと思っていた。

そんなある日、昼過ぎて、仕込みを終えたところに、

「ごめんください」

戸口から女の声が掛かった。

入ってきたのは、色が浅黒く、いかり肩の若い女であった。どこかの店のお仕着せと思われる、粗木綿《あらもめん》の色褪《いろあ》せた藍色の着物を着ている。下駄は気の毒なぐらい磨り減っていた。

――漬物を売り歩いている人かしら？――

おき玖がそう見当をつけたのは、特有のぷんと饐《す》えた臭《にお》いがしたからである。

「あの、ここに豪助さんはおいでになりますか？」

言葉使いは丁寧であった。

「どなたです？」

季蔵は訊いた。

「あら、いけない」

女の顔が赤黒くなった。

「あたし、姉さん、いえ、みよしのおれいの妹でしんと言います。今まで日本橋は長谷川町の漬物屋丸清《まるせい》で奉公してました」

――この人がおれいさんの妹さん？――

おき玖は目を疑った。

評判に釣られたおき玖は、みよしまでおれんの顔見たさに、甘酒を飲みに行ったことが

あった。

——似ていないな——

季蔵もそう思った。

二人が向けた当惑のまなざしを察したおしんは、

「一つ違いの姉さんは、所帯を持とうって男が五十人もいたっていう死んだおっかさん似、あたしはあの石臼《いしうす》みたいだったおとっつぁん似なんですよ」

あわてて笑い顔を作った。笑うと垂れ目が目立って、わざとおどけているようにさえ見える。

——たしかに善平さんには似ている——

季蔵は下ぶくれのやや大きな顔の中央に、目鼻口がちまちまと寄った、とうてい、美人とは言い難いおしんと向かい合った。

五

おしんは笑い続けている。

——こんな時に——姉さんとおとっつぁんがあんなことになったのは知ってるでしょうに——

鈍すぎるように思えておき玖は苛立った。

おしんは垂れ目で八の字を作りながら先を続けた。

「おとっつぁんは天下一品の甘酒を拵える名人でしたけど、商いの方にはとんと疎《うと》かったんです。日に何人かのお客さん相手に甘酒を売ってるぐらいでは、暮らしていくのがやっとでした。おっかさんの死に際《ぎわ》に、評判だった金沢丹後の羊羹《ようかん》を食べさせてやりたかったって、おとっつぁん、ずっと自分の甲斐性《かいしょう》の無さを悔やんでて。それであたしは、ただ歩いてるだけで、男の人たちが必ず振り返る姉さんを、看板娘にしてはどうかって思いついたんです」

おしんの垂れ目がきらきら輝いている。その顔は、お陽《ひ》様が機嫌良く微笑んでいるように見えた。

――この娘、一見、鈍そうに見えるけど、賢《かしこ》いんだわ――

おき玖はおしんの表情に引き込まれていた。

「婿取りを考えたのも、もしかして、おしんさん、あなたですか?」

季蔵は訊いた。

「その前にあたしは、みよしを出て丸清に奉公することにしたんです。手習いは好きだったんで、もう少し通いたかったけど、手習いへ行っていては、謝儀(月謝)や畳料(畳替費)炭料(暖房費)が掛かるばかりです。看板娘はそれなりに身仕舞いしてないと――」

「お姉さんのために奉公に出たってわけね」

「家族みんながよくなるのは、それしかないって、あたし思ったんです。みよしにいいお婿さんが決まって、繁盛すれば、あたしも漬物屋を開かせてもらえるかもしれないですから」

——そうは言うけど、おしんさんも若い娘なんだもの、自分は着たきり雀《すずめ》で、おれいさんばかり、着飾るのは辛かったんじゃないかしら——

「えらいわね、おしんさん」

おき玖は感嘆した。

「奉公先は自分で決めたのですか？」

季蔵の問い掛けに、

「ええ、そう。あたし、おとっつぁんが持ち上げられなかった漬物石をえい、やあって運んだことがあるんです。その時、ぱっと、あたしは将来、漬物石と関わって生きるだろうなって心に閃《ひらめ》いたんです。それと、漬物ならどんなもんでも、好物だってこともあって。あたしにしずしず甘酒を運ぶ看板娘は似合いそうもないけど、漬物石とだったら、そうでもないから」

おしんのお日さま顔がますます輝きかけたが、

「でも、こんなことになって」

一挙に闇夜《やみよ》のように曇った。

「今では、あたしがあんなこと思いついたのがいけなかったんだって、悔やまれて、悔やまれて——」

翳《かげ》った空からはどしゃぶりの雨が降り始めた。

おしんの雨がひとしきり落ち着いたところで、

「さっき、丸清に奉公してらしたと言いましたね。暇を頂いたのですか？」

「そうです」

おしんは手の甲で涙を拭って、季蔵をじっと見つめた。

「あたしが看板娘だの、婿取りだのと、商い繁盛の思いつきを勧めなければ、今頃、おとっつぁんや姉さんは無事だったかもしれないんです、何が何でも、下手人を突き止めて仇《かたき》を取ろうって決めたんです」

おしんが横幅のある唇を一心に嚙みしめると、見事な真一文字が描かれた。

「でも、下手人の召し捕りは町方役人のお役目よ」

意見したおき玖は、

「役人なんて頼りにならない」

笑っていないおしんの細いだけの目に睨まれて、

——無理もないわ。あたしだって、おとっつぁんが殺された時は同じ想いだったもの
——

あわてて口をつぐんだ。

「それに豪助さんだって同じ想いだろうし——」

おしんは再び、豪助の名を口にした。

「豪助とのことは、お姉さんから聞いてらしたんでしょうね」

季蔵は水を向けた。

「もちろんよ。姉さん、豪助さんと夫婦になれなきゃ、生きてはいられないなんて言い出す始末で——。それほど、豪助さんを好きで、豪助さんの方も、涼み菓子のことで、ここのご主人に助けをもとめるほど真剣だったはず——」

おしんは季蔵の目に相づちをもとめた。

「たしかにそうでした」

「そんな豪助さんですもの、姉さんやおとっつぁんの仇捜しを、町方役人なんぞに任せておくわけないって、あたしは思ったんです。今頃はどうやったら、憎い下手人を探し出せるかって、頭を悩ませてる頃だろうって。それで、あたし、姉さんから聞いてた豪助さんのいる舟宿へ行ってみたんですけど、船頭さんたちは、ここんとこ休んでるって。それで豪助さんの住んでる長屋に寄って、おかみさんたちに話を聞いたんです。ここ何日も帰ってないって、そしてよく立ち寄るのはここだからって、教えてもらって来たんです」

おしんは小上がりを見渡して、

「でも、ここにもいないみたいですね」

がっくりと肩を落とした。

——どうしましょう——

おき玖は季蔵を見た。

豪雨の日から豪助は季蔵の家に寝泊まりしていた。

季蔵が塩梅屋へ出かける時にもついてくる。酒は客が退けた塩梅屋で飲むことが多かったが、それでも足りずに季蔵の長屋に落ち着いてからも、豪助は酒を欲しがった。

そんな翌日はたいそうな二日酔いなのだが、季蔵が出かける支度を済ませると、必ず、豪助もよろける足どりで立ち上がった。

「一人になりたくねえんだよ」

塩梅屋での豪助は二階のおき玖の部屋で、青い顔のまま、身を横たえて時を過ごした。

「兄貴やおき玖ちゃんの声がしねえと、気が落ち着かねえし、眠れねえ」

そして、今日も季蔵と一緒に塩梅屋に来ると二階に上がったきりであった。

「少しお待ちください」

季蔵が階段を上がりかけると、

「耳につく声だぜ」

豪助が下りてきた。

このところに似ず、きちんと支度をしてきりりと帯を結んでいる。

「あそこまでのきんきん声だと聞く気がなくても、聞こえちまうもんだぜ」

そういえば、おしんのやや高めの声は澄んで美しかった。

「あんたかい、おれいの妹ってえのは？」

おしんと向かい合った豪助は肩を怒らせている。

「しんと言います」

緊張したおしんの垂れ目がやや上がると、悲しげに見える。

「話は聞いた。あんた、おれいとおやじさんの仇を取るってかい？」

「町人には仇討《あだう》ちは難しいですから、下手人を見つけて、お上にお縄にしていただくつもりです」

おしんはきっぱりと言い切った。精一杯吊り上がった垂れ目が決意のほどを示している。

「俺に手助けしろと言いに来たからには、当てがあるんだろうな」

豪助はやや意地の悪い目を向けた。

「看板娘や婿取りなんぞの思いつきと一緒にされちゃあ、迷惑だぜ」

「当てはあります」

おしんは叫ぶように言った。

「本当かい」

豪助は念を押した。

「はい」

おしんは大きく頷き、知らずと、季蔵は身を乗りだしていた。

――いろいろと話し合う、親しい姉妹ともなれば、妹しか知らない姉の話が聞けるかもしれない――

「姉さんは心の優しい人でした」

「それはよくわかってる」

一瞬、豪助の顔に救いがたい悲しみが走った。

「この冬の間から、みよしの近くの今戸橋に物乞《ものご》いが住みついていたんです。仲間のいないお爺《じい》さんで、このままでは飢え死にしてしまうと、姉さんはおとっつぁんに隠れ、売れ残った甘酒はもとより、握り飯なども運んでやってました。あたしもこの前、姉さんと一緒に橋の下へ行き、菰《こも》を被《かぶ》って寝てる物乞いを見た――」

そこでおしんは、その物乞いについてどう話そうかと迷っている様子で、一度、言葉を切った。

六

「悪い人には見えなかった。でも――」

「物乞いだってほかに、正体は知れなかったんだろ」

おしんは豪助の言葉に頷いた。

「そいつの居場所をあんたは知ってるんだな」

「もちろん」

「それじゃ、俺は今からその物乞いを見つけに行く。案内してくんな。おれいやおやじさんの仇かもしんねえからな。そうとわかったら、容赦しねえ」

豪助は目を怒らせて戸口に向かった。

――季蔵さん――

おき玖の目が案じている。

「俺も行こう」

季蔵は豪助とおしんの後に続いた。

――思い詰めている豪助が心配だ――

物乞いが終日、菰を被って横たわっているという今戸橋は、みよしから歩いてすぐのところにあった。

「歩いて物乞いをしているのを見たことがないから、姉さんはきっと、身体の具合でも悪いんだろうって、同情してたんです。姉さんってそういう人だったから――」

おしんが鼻を啜《すす》ると、

「泣くな」

豪助は一喝して、

「めそめそ泣いてなんぞいると、仇は取れねえぞ」

どやしつけた。

いささか暑い日々が続いているせいか、その物乞いは被った菰から顔を出して目を閉じていた。

白い髷《まげ》はすでに完全に崩れている。頰はげっそりと削《そ》げて、岩を鑿《のみ》で削ったような険しい目鼻立ちで、菰から覗いている裸足《はだし》の足は、汚れてはいたが、皮はまだ薄く、形が整っていた。

──たぶん、物乞いをずっと続けていたのではないな──

過酷な物乞いの暮らしでは、裸足で歩きまわるせいで、皮膚が分厚く膨らんで、中には、冬場の寒さが禍《わざわい》して、足の指を無くしている者もいる。

「ちょっと起きてくれ」

豪助は物乞いから菰を引き剝《は》がした。

一瞬、物乞いは両目を開けた。しかし、すぐに閉じると、両手で両足を抱え込んで、季蔵たちに背を向けた。

「兄貴、これを見てくれ」

豪助が物乞いの袖《そで》を指差した。

「血だろう?」

赤黒い大きな染みが両袖に付いている。

「そうだな」

「ってえことはこいつが──。人を殺《あや》めといて昼寝なんぞしやがるとは、太《ふて》え了見だぜ」

大声を張り上げて、物乞いに襲いかかろうとした豪助の手を季蔵は摑んだ。

「人を殺めたかどうかは、お上が詮議なさることだ」

「でも──」

おしんは物乞いの左手を見た。

「あれ、もしかして──」

季蔵はおしんが一心に見つめている物乞いの左手にぶらさがっている、銀糸の紐《ひも》を強く引いた。

うっと呻《うめ》いて物乞いは握った手を開いた。

「間違いないわ。匂《にお》いはもう無くなっちゃってるけど、おっかさんが、お正月に晴れ着は買ってやれないけど、せめて、これぐらいはって、あたしたちにお揃《そろ》いで買ってくれたもの」

おしんは袂《たもと》から藤色の匂い袋を出して見せた。

「間違《まち》げえねえじゃないか」

豪助は一度下ろした拳を再び、振り上げようとした。

「それで気が済むのか」

季蔵は厳しい目で豪助を見据えて、

「みよしへ行きましたか？」

物乞いに問い掛けた。

目を閉じたまま、物乞いはぶるぶると震えるばかりである。

「見ての通り、この人は応えられない」

「惚《とぼ》けていやがるんじゃないのか」

「この人は逃げることもしなかった。おれいさんや善平さんのところへ行ったのはたしかだろう。だが、それだけで、この人の仕業だと決めつけるのは性急だ」

豪助はまじまじと物乞いの様子をながめて、

「昔、住んでた長屋にこんな風に丸くなっちまったきり、動けなくなった爺さんがいて、みんなで世話してた。その爺さんは食うことのほかは、ほとんど何もわからず終いだったな」

固めた拳を緩めると、

「わかったよ。俺は兄貴の言う通りにする。どうしたらいい？」

「田端様と松次親分を呼んできてくれ」

こうして、戸板に乗せられた物乞いは橋の下から番屋へと運ばれた。戸板の上から下りようとしなかった物乞いは、番屋の土間に移されても、変わらずに丸くなって震えている。

季蔵が莚《むしろ》の上から筵を掛けてやると、多少震えが止まった。

季蔵のほかに、田端と松次、豪助とおしんが物乞いを取り囲んでいる。

「このお爺さんがおとっつぁんと姉さんを殺めた下手人なんですよね？」

おしんが口火を切った。

「こんな様子じゃ、人を殺めることはできないっていうけど、このお爺さん、姉さんが運んでくる食べ物じゃ足りなくて、後を尾行《つ》て、みよしへ押しかけ、もっとくれってごねたのかもしれない。そこへ何も知らないおとっつぁんが出てきて、追い払おうとした。どうしても食べ物の欲しかったこの人は、無我夢中で二人を殺してまで、食べ物にありつきたかったのかも――」

聞いていた田端はあっさりと首を横に振った。

「この者がみよしの父娘を殺めたと見なすには、確たる証である短刀を持っていなければならぬところだが、このような様子の者が短刀を買い、それを使ったとは思い難い」

「こいつがいた橋の下と、着物をよくよく改めやしたが、出てきやせんでした」

松次が顔を顰《しか》めたのは、その際、たいそう臭《にお》ったからである。

「それじゃ、憎き下手人の見当はつかず終いってことですね」

「まあ、そう急《せ》くな」

田端は宥《なだ》めるように言った。

「でも、たいていはこのままでしょ」

おしんはやや蓮《はす》っ葉《ぱ》な物言いで、

「わかりました。あたしが馬鹿でした。お上になんぞ、すがれるわけがなかったんです。けど、あたしは絶対、おとっつぁんや姉さんの仇を取ってみせますから」

そう言い放って出て行ったおしんを、

「待てよ」

豪助があわてて追って出た。

「おれいの妹だって言われてもぴんと来なかったのは、似てねえ器量のせいだったが、胆の器量ともなると、いやはや、てえしたもんだ。こりゃあ、ちょいと厄介だぜ」

松次は、その金壺眼《かなつぼまなこ》を目一杯見開いた。

「菖蒲《しょうぶ》に囲まれて死んでいた娘がいたろう。わしたちはあの一件と、みよしの父娘殺し、半年前の母娘殺しの下手人は同じだろうと見なしている」

田端は断じた。

「だから、親兄弟の仇とはいえ、素人《しろうと》に手出しされちゃ困るんだ。邪魔になるだけじゃねえ、いくらそれほどの器量じゃねえって言っても、おしんは若い娘だ。この先、嗅《か》ぎ回ったりしたら、危ない目にも遭いかねねえ――」

松次は口をへの字に結んだ。

「綾瀬川の川原で首を絞められて見つかった娘さんは、着物の裾も乱されず、眠ってでもいるかのように、菖蒲の花の中に葬られていたのでしょう? 片や半年前の件とみよしのは残酷極まりない嬲《なぶ》り殺しです。同じ下手人と見なすには、よほどの証がおありなのでしょうね。松次親分、気になるごろつきの目星はついたのでしょうか?」

季蔵の射るような眼差《まなざ》しに、

「残念ながら、俺の知ってるごろつきは、こんな込み入った殺しを何べんもしでかすほど、ここがよくねえんだ」

松次は人差し指を額に当てて、助けをもとめるように田端の方を見た。

「母娘の時、弥平次の店の手拭いが骸と一緒に落ちていた。それと同じものが、菖蒲の咲いている川原で見つかったのだ。届けてきたのは、先に骸を見つけた菖蒲売りの女だった。

綺麗すぎた娘の骸が痛ましくてならず、菖蒲を摘みに来た折、もう一度、手を合わせて供養しようと、川原を歩いていて目についたのだそうだ。手拭いは風で飛ばされていて、骸とは反対の方角にあった。菖蒲売りは口入屋の平子屋を知っていた。世間では、ごろつき同然だと言われている平子屋の奉公人が、風流に菖蒲摘みでもなかろうと疑い、もしやと思って届けたのだそうだ」

「なるほど」

季蔵は、平子屋の手拭いが二種類の殺害を結びつけた経緯《いきさつ》に得心が行った。

――しかし――

「だが、まだ、平子屋の誰とまではわかっていない。これだけでは、半年前と同じだ」

察した田端は季蔵の心に浮かんだ苛立ちを口にした。

七

「この人をどうなさるおつもりですか？」

年老いて、わかることの少なくなっている物乞いも、自分の身に起きた変事は感じていて、菰の下でずっと身を震わせている。

「さてな」

田端は困惑のまなざしを物乞いに投げた。

「わしはこの者、十中八九、下手人ではないと思うが、上に報《しら》せれば、血や匂い袋が動かぬ証とされて、首を飛ばされるかもしれぬ。飯を恵んでくれた相手の恩を仇《あだ》で返す大悪人としてな。このような事件が解決されねば、人心がかき乱されるばかりだとして、奉行所は一刻も早く下手人を挙げたいのだ」

「すると、半年前の母娘もこの人が殺《や》ったことになるのですか？」

「半年前のことなど、奉行所は持ち出さぬだろう。仮にわしが当時の調べ書を出させたところで、物乞いのことだ、居場所が定まらぬ。母娘の長屋の近くにも川原はある。そこで菰を被って、機会を狙《ねら》っていたのだろうと言われればそれまでだ」

「この人のことを、上に報せないでいただけませんか」

「いきなり、何を言いだすんでぇ」

松次が目を剝いた。

「俺たちに隠し事を頼んで、お上に楯《たて》つこうってぇのかい」

「松次親分だってこの爺さんが下手人だとは思ってはいないでしょう」

「そりゃあ、まあ――」

「この人の様子は、年齢《とし》を取った人特有のもののように見えますが、何かの弾みで思い出してくれないとも限りません」

「まあ、年寄りはまだらに呆《ぼ》けてるうちに、何にもわかんなくなっちまうっていうからな――。けど、こんな風にわかんなくなっちまったら、何か思い出すとは思えねえな」

「人は食べ物など、身体が覚えているものは忘れないと言いますから」

季蔵は菰の前に屈《かが》み込むと、優しく訊いた。

「お腹は空いていませんか？」

すると物乞いは目だけ覗かせて、

「はら、はら――」

切ない声を洩らした。

「何か食べたいものは？」

「え、え、び」

「えびですね」

物乞いは初めて季蔵の目に頷いた。

「えびってあの海老だろうな」

松次は仰天して、

「海老が食いてえってことは、海老の味を知ってたわけだな。物乞いにしちゃあ、なかなかの食い道楽だ」

目を丸くした。

「わたしにこの爺さんを預けていただけませんか。もしかして、好物を食べてもらえれば、正気を取り戻すことがあるかもしれません」

季蔵は思いきって切りだした。

「もちろん、いつもわたしの目の届くところに居てもらいます。下手人でないにしても、その場に居合わせて、下手人の顔とか、大切なことを見ていたかもわかりません。とにかく大事な人ですから――」

「わかった」

田端は大きく頷いたが、松次は半分不安の混じった目で季蔵を睨んだ。

こうして季蔵は物乞いを預かることとなった。一度塩梅屋に戻って、梅干しを炊き込んだ梅ご飯を大きな握りにすると、番屋に取って返し、土間で丸くなったまま飢えている物乞いに食べさせた。

「次は海老が食べられますよ」

諭《さと》すように話しかけたところ、

「え、び」

物乞いは立ち上がって季蔵に付いてきた。

戸口を入ってきた物乞いの姿に顔色を変えたおき玖だったが、季蔵の話に耳を傾けると、

「大変な時に居合わせて、酷い様を見なければならなかったなんて、さぞかし怖く、たまらない想いだったでしょう。気の毒に」

早速、物乞いのために冷茶を振る舞った。

美味そうに冷茶を飲み干した物乞いは、

「ああ」

満足のため息をついた。

その日に一瞬ではあったが、輝きが宿るのを季蔵は見逃さなかった。

――この人は手間がかかる冷茶も飲んだことがある。やはり、長く、物乞いでいたわけではないのだ――

「え、び」

さらに繰り返されて、

「困ったな」

季蔵は苦笑した。

「え、び」

物乞いの訴えは続く。

「え、びって海老のことかしら？」

頷いた季蔵がえ、びの事情を話すと、

「ようは好物らしい海老で釣って、ここへ連れてきたってことなのね」

おき玖は呆れた。

「でも、それじゃあ困るでしょ」

江戸は芝で獲《と》れる海老が芝エビである。三寸ちょっと（十センチ）の小ぶりな海老ではあったが、車海老の仲間とあって味はよく、春から夏にかけては産卵期であった。

車海老は房総等から運ばれてくる贅沢《ぜいたく》品で、ましてや祝い事には欠かせない鎌倉エビ

（伊勢エビ）ともなると、高価な上にそう易々《やすやす》とは手に入らなかった。

「え、び、え、び、え、び、え、びぃえ――」

これを繰り返すたびに物乞いの瞳に輝きが走る。

――豪助の言葉を借りれば、うちの冷茶は雪茶に並ぶほどだという。その冷茶にあれほど満足したのだとしたら、よほど美味い海老でなければ、この人の目はこれ以上輝かないだろう――

それから二、三日、季蔵は物乞いと共に暮らした。物乞いは店が退けるまでの間、客のいない昼間は小上がりで、夜は二階のおき玖の部屋で丸くなって過ごし、眠りにつくのは季蔵の住む手狭な長屋であった。

物乞いは危害を加えられると思うのか、ずっと着替えを拒み続けていたのをなだめすかして、纏っている襤褸《ぼろ》だけは、何とか縞木綿に着替えさせた。

そんなある日の昼過ぎ、

「俺だ」

油障子を開けて豪助が入ってきた。

おしんを伴っている。

「もう何べんも、こいつが捨てたかもしんねえ短刀を川原へ探しに行った。さっき番屋へ寄ったら、兄貴がここへ連れてったっていうから――」

「川原に何かありましたか？」

季蔵はおしんに訊いた。

「いいえ、何も」

おしんの声は怒りを含んでいる。

「このお爺さんが食べ物で正気を取り戻すなんてこと、あるんでしょうか？」

季蔵はわざと大きく頷いた。

「そう信じています」

「でも自分が下手人だったことを思い出しても、素直に白状するとはとても思えないわ」

――おしんさんはまだ、この人が下手人だと決めつけている。そうではないとわかってもらうためには、平子屋の手拭いのことを話さなければならないが、そこまで報せるのは、松次親分が案じていたように危険すぎる――

「わたしはこの人を信じます」

しばらく、これで押し通すことにした。

「田端の旦那は短刀が見つからねえ以上、こいつを下手人にできねえって言ってたけど、川底にどぼーんと捨てちまってたら、金輪際見つかりゃあしねえ。よーく頭を巡らせてみると、短刀が出てきてねえだけで、こいつが下手人じゃねえってえのは、合点が行かねえことだぜ。血染めの着物とおれいの匂い袋が何よりの証だ。旦那だけじゃなく、兄貴まで筋の通らねえことを言うとは情けねえ限りだ」

豪助は必死に食い下がり、おしんはうんうんと隣りで頷いている。

――たしかに豪助の理屈は通っている――

季蔵が何と言葉を返したらいいか、苦慮していると、

「ごめんよ」

恐妻家の大工辰吉《たつきち》と、指物師《さしもの》の入り婿勝二《かつじ》が顔を覗かせた。二人とも店の得意客であった。

「取り込み中かい？」

辰吉は緊迫した空気に気がつき、

「こんな時分にお客さんですか？」

勝二はおしんと物乞い、見慣れぬ二人の顔をまじまじと見つめて首をかしげた。

「まあ、ちょっとね」

あわてて、季蔵は柔らかい表情を向けて、

「そちらこそ、お二人揃って、昼間からおいでとは珍しい」

相手の用向きを促した。

「いいのかね」

辰吉は物乞いの方にだけ一瞥《いちべつ》をくれた。

「かまいません」

「このところ、陽気のせいか、へらず口の助平爺に元気がないんだ」

へらず口の助平爺とは二人の飲み友達である、履物屋桐屋《きりや》の隠居喜平《きへい》である。辰吉、勝二、喜平の三人は始終揃って通ってきていて、最後は酒を過ごした辰吉と喜平の大喧嘩となり、勝二が恐る恐る仲裁に入る。

喧嘩の理由は、辰吉が今でも、惚《ほ》れ込んでいる大女の恋女房を、喜平が女ではなく褞袍《どてら》だと称したゆえであった。ちなみに、芝居好きの辰吉の女房おちえは、贔屓の役者絵を集めていて、酔い潰れた辰吉を迎えに来ることなど、もう、滅多になくなった。

何とも笑える話だったが、

「あの喧嘩は道楽ね」

「喧嘩するほど仲がいいってことでしょう」

「巻き込まれる勝二さんは大変なんでしょうけど」

「ああ見えて勝二さんも、道楽の片棒を担ぐのが、そう嫌でもないはずです」

季蔵とおき玖は、大真面目《まじめ》に喧嘩を繰り返す当人たちを温かく見守ってきた。

第三話　夏の海老《えび》

一

辰吉《たつきち》の女房をくさす喜平《きへい》は、小股《こまた》の切れ上がったようないい女に目がなかったが、食べ物の好みもうるさかった。

「あんな爺《じじい》でも元気がないと、盛り上がらねえからな。雨が始終降ってて、蒸し蒸ししてるこんな陽気に辛気《しんき》くせえのはいけねえよ。そいで、季蔵《としぞう》さん、あんたに助平爺の好物を作ってもらいてえんだ」

辰吉に頼まれ、

「喜平さんの好物は海老でしたね――」

季蔵は低く呟《つぶや》いたつもりだったが、物乞《ものご》いは早速、

「え、び」

高い声を張り上げた。

「こいつ、今、えびって言ったかい？」

季蔵が頷《うなず》くと、辰吉は目を丸くして、

「海老好きの物乞いなんて珍しいですね」

勝二《かつじ》は感心した。

「さっきから気になってたけど、どうして、物乞いが客みてえな面《つら》をしてここにいるんだい？」

辰吉はやや非難めいた目を季蔵に向けた。

――困った――

季蔵は言葉に窮した。

――事情を話すと、辰吉さんや勝二さんまで巻き込むことになりかねない。これ以上、危ないことに関わる人は増やせない――

すると、突然、

「あたしが連れてきたんです」

おしんが口を開いた。

「あたし、日本橋は長谷川町の丸清《まるせい》に奉公してたんですけど、この物乞いが離れて暮らしてるおとっつぁんに似てて、ついつい情にほだされて、残り物をあげてたら、大番頭さんに見つかっちまったんです。その後、このお爺さん、暇を頂いたあたしについてきたってわけ」

その口調はよどみなかった。

「へーえ」

辰吉は、

「そりゃ、また、親切が仇《あだ》して気の毒したなあ」

しみじみと言い、勝二はおしんを見つめて、

「鰓《えら》の張った女は強突張《ごうつくば》りと相場が決まってると思ってたが、あんたはそれだけじゃなくて、情に厚いんだ」

本音《ほんね》を洩《も》らした。

「ただし、鰓の張った女の強突張りっていうのは余計よ」

おしんが明るく返すと、

「とにかく、助平爺の好物をよろしく頼むよ」

二人は出て行った。

「機転が利きますね」

ほっとした表情の季蔵だったが、ほどなく、

「あら、でも――」

おき玖《く》は物音のした戸口を見遣《みや》った。

「ちょいとごめんよ」

――噂《うわさ》をすれば何とやらだわ――

喜平が入ってきた。

「今、そこで辰吉や勝二と行き合ったんだ。ここに用だったのかい？」

「まあ、小腹が空《す》いてお寄りくださったようでしたが、今日は何もできなくて――」

「ま、ここの卵かけ飯は美味《うま》いからな」

生卵に酒と梅干し等で作る煎《い》り酒を垂らし、炊きたてのご飯に掛け、さらに山葵《わさび》をちょいとのせて食べる卵かけ飯は、もともと塩梅屋《あんばいや》の賄《まかな》い飯であったが、馴染《なじ》みの客たちは、ちょくちょく、それを目当てに昼間やってくる。

「わしは梅と鰹《かつお》の味がじんわりと卵と飯に行き渡ってる、ここの卵かけ飯が恋しくて来たんだが、そりゃあ、残念だ」

「せめて、お茶でも――」

おき玖は冷茶の入った湯呑《ゆの》みを渡した。

「そうそう、このところはこれも愉《たの》しみだった」

喜平はいわく言い難い冷茶の甘みを舌の上で転がしながら、ふと、小上がりで身体を丸めて座っている物乞いに目を止めて首をかしげた。

「その人は？」

「そいつは迷い込んできた物乞いだよ」

今度は豪助《ごうすけ》が取り繕《つくろ》った。

「はて――」

喜平の首はますます傾《かし》いだ。

「見たことがあるような気がする——」

喜平は湯呑みを置くと、物乞いの居る小上がりに上がり、物乞いの顔をまじまじと見た。

「もしや、あんた——」

喜平の目はじっと物乞いの左耳の下に注がれている。

「安兵衛《やすべえ》さんじゃないのか」

安兵衛と呼ばれた物乞いの喜平を見る目は虚《うつ》ろである。喜平は相手の手を取って、手首を改めた。

「左耳の下とここにも火傷《やけど》の痕《あと》がある。安兵衛さんだ、安兵衛さんに間違いない」

「知り合いだったのですね」

季蔵は驚愕《きょうがく》の目で喜平と安兵衛を見つめた。

「そうだよ。この人は京橋川に架かる中ノ橋の袂《たもと》で長く、天麩羅《てんぷら》の屋台を引いていた安兵衛さんだ。わしは若い頃から天麩羅好きでね、よく通った。死んだおやじに仕込まれる下駄作りが辛《つら》くてね、といって、この先、履物でおまんまを食って行くしかないんだと言われれば、やり抜くしかない。辛さはあの時分、何より好きだった安兵衛さんの天麩羅で紛らわせたよ。幾つか年上の安兵衛さんは、兄貴みたいで、いろいろ愚痴を聞いてくれた。とにかく、男気があってめんどう見のいい男《ひと》でね、火傷の痕があるのは、近くの蕎麦《そば》屋の小火《ぼや》を、必死で消し止めてやったせいさ。おかげでその蕎麦屋は命拾いした」

当時、火事を起こして隣り近所を巻き込んだ者は死罪であった。

喜平は話を続けた。

「江戸に身寄りのない安兵衛さんが故郷《くに》の下総《しもうさ》の山崎村に帰って、畑でも耕して暮らすと言い出したのは、もう五年も前のことだった。その時、〝行くな〟とわしが止めても、〝そうは言っても、喜平さん、あんただって、寄る年波で、そうそう天麩羅は食べなくなったはずだよ。俺はここで毎日、お客さんを待ってるが、知った顔をだんだん見られなくなるのが堪《こた》える年齢《とし》になってきた。思い出すのは故郷のきっと変わらねえだろう、川原の近くの松林なんだよ〟と安兵衛さんは譲らなかった。年齢を取っての寂しさは堪える。故郷には身内もいるだろうからと、わしは安兵衛さんの幸せを願って見送った。互いに年齢なんだし、正直、もう会うことはないと思っていた。だから、どうして、ここに安兵衛さんが、いるのか――」

喜平は安兵衛を痛ましそうに見つめた。

「下総の山崎村ってえなら、一年前に竜巻ってえ、でっけえ旋風《つむじかぜ》があったところだろう。松の木や馬まで空に吹き上げられたって、舟に乗った客が話してるのを聞いたことがあるぜ」

皆《みんな》を見回しながら豪助が口を挟んだ。

「その竜巻で安兵衛さんは身内や知り合いを亡くしただけではなく、行き場もなくなったのではないかと思います。あまりのことに心が痛んで、痛ましい天災については、考えたくなかったに違いありません。それで、以前、商いをしていて楽しいこともあった江戸を思い出し、何とか辿《たど》り着いたのでしょう。その間に安兵衛さんは、年齢のせいもあって、辛すぎる天災のことや故郷のことだけではなく、自分が誰かということも綺麗に忘れてしまったのでしょう」

「そうか、そうだったのか――」

喜平の目から涙が流れ落ちた。

「安兵衛さん、安兵衛さん」

再び取った両手を握りしめると、

「えらい苦労をして――ご苦労様、ご苦労様――」

安兵衛はしばし喜平に手を握らせていたが、そのうちに、ぐいと自分の両手を引き抜いて、

「え、び」

季蔵の顔を見た。

「安兵衛さんの揚げる芝エビのかき揚げは絶品だったよ。〝安兵衛の海老〟といやあ、芝エビのかき揚げと決まってた」

喜平は目を細めた。

――喜平さんの海老好きは安兵衛さんのかき揚げが始まりだったのね――

おき玖はひとりごちた。

「ねえ、安兵衛さん、そうだね」

喜平は安兵衛の膝《ひざ》を軽く叩《たた》いたが、安兵衛は、

「え、び」

繰り返すばかりである。

「えらい執着だな」

豪助は呆《あき》れた。

「こうなったら、何とかして、安兵衛さんに海老を食べてもらいましょう」

言い切った季蔵に、

――そうしたら、姉さんやおとっつぁんのことを何か、思い出してくれるかしら？――

おしんの目が訴えた。

――それに賭《か》けるしかありませんよ――

「〝安兵衛の海老〟は天麩羅に間違いありませんね」

季蔵は喜平に念を押した。

「そうとも。こりゃあな、十文天麩羅とも言われてた。十文も取るわけじゃねえ。十文出しても惜しくないほど美味い天麩羅だったってことさ」

二

「せっかく、こうして巡り合えたんだ。今はわしもあくせくしない隠居の身で暇もある。わしの隠居所はあんたが寝起きできるくらいの広さもあるし、安兵衛さん、わしのところ

へ来てくれないか。あんたは粋《いき》でいなせで、熱を上げた芸者や町娘たちが天麩羅の屋台の前に並んだこともあった。わしはそんなあんたにも憧《あこが》れてた。だから、今、あんたが、こんな風なのが切ない。さあ、さあ」

そう言って喜平は横になってしまった安兵衛を起こそうとした。

――それは困る――

「気がついているでしょうが、安兵衛さんは――。まずは息子さん夫婦にお聞きになって決めないと」

季蔵がさりげなく止めると、

「わかってるよ。だがね、季蔵さん、わしとこの人は昨日、今日のつきあいじゃないんだ。わしほど長く、十文天麩羅を食べてきた者はたぶんいないだろう。それを話せば、倅《せがれ》夫婦も反対などしないさ」

喜平は強い目になった。

「え、びを食いたかねえかい」

突然、豪助が安兵衛に話しかけた。

――この物乞いが安兵衛という名で天麩羅屋の屋台を引いていたことはわかった。だが、いくら喜平さんがいい奴だったと言っても、昔のことだ。人は変わる。食いたい一心で、おれいやその父親に手をかけてねえとは言い切れねえぞ――

豪助はおしんに向かって、

「なあ、たんと食わしてやりてえよな」

相づちをもとめた。

「そうよね」

おしんが緊張した面持《おもも》ちで頷いて、

「一緒に食べましょうね」

安兵衛に話しかけた。

「あたし、浅草今戸町慶養寺そばのみよしって甘酒屋のおれいの妹でしんと言います。豪助さんは義兄《にい》さんになるはずだった男なんですよ」

咄嗟《とっさ》に作った笑顔ではあったが、表情がふんわりと柔らかで、その場が陽が射したように明るくなった。

──そう悪い器量でもねえじゃないか──

思わず、豪助はおしんの顔に見入ってしまった。

喜平はおしんの方をちらっと見て、

「あんただったとはな」

見知っている様子に、

「お知り合いだったのですか」

季蔵はおしんと喜平を交互に見た。

「今日は奇遇が続く日だね」

「あたし、店に出ていたんです。こちらは月に一度、必ず買いにきてくださってて――」

「丸清の漬物はどれもそこそこ味がいい。だが、通って買わずにはいられなかったのは、あんたが樽《たる》から漬物を出して包んでくれるからだ。あれで漬物が優しくまろやかな味になるようで――」

喜平はおしんの客あしらいを褒めた。

「ありがとうございます」

おしんは頭《こうべ》を垂れた。

「あんたは丸清の立派な看板娘だ」

「褒めすぎです――。あたし、小町の姉さんとは雲泥の差ですから」

恥ずかしがって俯《うつむ》いたおしんに、

「そう、卑下することはない。心映《こころば》えだけを褒めてるんじゃない。そもそもあんたの手は千両だよ。漬物に触るにはふさわしくない。そんな白魚みたいな綺麗な手で、樽から漬物を出してくれるのが、何よりうれしくてね、艶《つや》っぽい漬物もまたいいもんだ」

――助平心を無くしてないなら大丈夫。辰吉さんたち、案じることなかったのに――。

それとも、案じるふりは好物を食べさせてあげたいためだったのかも――

おき玖は呆れつつ、胸を撫《な》で下ろしていた。去年の冬、風邪《かぜ》で寝ついた喜平の快癒《かいゆ》が危ぶまれたこともあったからである。

「ありがとうございます」

繰り返したおしんは、両手を咄嗟に背中に回して、

「あたし、実は丸清にお暇を頂いたんです」

「へえ、どうしてだい？」

――まあ、これは仕様のない成り行きだ――

季蔵にはもう、おしんが喜平に仇討《かたきう》ちの下手人探しをすると話すのを止められなかった。

「そりゃあ、えらく感心なことだが、瓦版《かわらばん》に書いてあるような酷い殺しを、平気でやってのける相手だ。あんたたち二人では力不足だろう。わしも力になる」

目を輝かせて喜平は身を乗りだした。

――やはりな――

季蔵は止める言葉を探したが、思い当たらない。

「それで、下手人に見当はついてるのかい？」

喜平はまず、季蔵を見た。

「ここには定町廻りの旦那や南八町堀の親分が立ち寄るだろう。季蔵さん、あんた、何か聞いちゃいないのかい？」

「はて――。田端《たばた》様たちからそのような話はうかがっていませんが」

季蔵ははぐらかした。

「何だ、そっちからの手掛かりは無しか――」

「手掛かりならある」

豪助は言い放つと安兵衛に目を据えながら、今までの経緯《いきさつ》を話した。そして、着替える前の安兵衛の襤褸《ぼろ》には、黒くなった血の染みが付いていたことも告げた。

「安兵衛さんが下手人かもしれないって？」

喜平は目を剝《む》いた。

「そんなことがあってなるもんか」

その目にめらめらと憤怒《ふんぬ》が燃え上がっていく。

「おしんさん、あんたもそう信じてるのか？」

「今のところ、それしか手掛かりがないんです」

笑顔の消えたおしんの顔は鰓の張りが目立った。

「わかった。ここは安兵衛さんの座敷牢みたいなもんで、皆してここで見張っているというわけだな。酷いよ、酷すぎる。それで、さっき、わしが安兵衛さんを家に連れて行こうとした時、海老で釣ろうとしたんだな」

喜平は声にも怒気を含ませた。

「安兵衛さんは下手人じゃねえかもしんねえ。けど、そうじゃねえっていう証《あかし》もねえんだ。仕方ねえだろ」

豪助は言い切った。

「よってたかって、気の毒な安兵衛さんを——」

喜平の怒りは骨頂に達した。

「それだけではないと思います」

季蔵は助け舟を出すことにした。

「下手人でないとしたら、真の下手人にとって、安兵衛さんは邪魔者です。口を封じられるかもしれず、一人にはできないのです。わたしたちは安兵衛さんを守っているのです」

「わしとて守れるぞ。わしはもうこの年齢だ。命はさほど惜しくない」

「息子さん御夫婦が巻き添えになるかもしれません」

「それは――」

喜平は絶句してうなだれた。

「うちには倅と嫁だけではない、可愛《かわい》い孫もいる」

「ですから、喜平さんが安兵衛さんを連れ帰るのは無理です」

「しかし、ここは人の出入りがある。この形《なり》でうろうろしていれば、そのうち人の口に上る」

――たしかにそうだ。長屋の人たちも、安兵衛さんが出入りするのが不審らしく、今日の朝も〝縁続きの人なのか〟と探りを入れられた――

「ですから、安兵衛さんのお世話はあたしがするのが一番なんです」

すかさず、おしんが言い立てた。

「豪助さんに手伝ってもらって、押し入れや畳の酷い有様も何とか清めたところです。安兵衛さんにうちに来てもらって大丈夫です」

——みよしで暮らして、おれいさんと善平《ぜんべい》さんが殺された場所を見ていれば、安兵衛さんも、つかのま正気を取り戻して、何か思い出してくれるかもしれない——

季蔵はそう考えて、

「おしんさんに安兵衛さんを任せてはいかがです？」

喜平の説得にかかった。

おしんから一部始終を聞いた喜平は、

「まあ、話によれば、安兵衛さんはおれいさんに世話になっていたというから、仏壇のある家で寝起きするのも、供養になるかもしれないい」

渋々頷いた。

三

翌日、田端と松次《まつじ》が塩梅屋を訪れた。

「おい、あの物乞いは？」

松次が目を光らせた。

「下手人はあいつじゃないとわかっちゃいるんだが——。ただ、何か見たとしたら、あいつしかいねえんでな」

口惜《くや》しそうに唇を噛《か》んだ。

季蔵は安兵衛がみよしに引き取られたことを話した。

「それじゃ、これからみよしに出向きますか、旦那」

「まあ、よしておこう。今日は思いきり酒が飲みたい」

田端は湯呑みの酒を一度に干して、暗鬱な視線を壁に向けた。

二人は普段にも増して酒と冷茶が進み、

「いくら凄腕《すごうで》のこの旦那だってね、なーんにも調べさせてくれなきゃ、陸《おか》に上がった河童《かっぱ》みてえなもんだよ」

黙って飲み続けて青くなるだけの田端の隣りで、下戸《げこ》の松次が悪酔いしたかのような弱音を吐いた。

「怪しい弥平次《やへいじ》のとこへは、店先に立つのも止《や》めろってえんだから酷すぎる」

田端はそれにも無言だったが、宙に泳がせた目は、見えない下手人を睨《にら》んでいるかのように見えた。

烏谷《からすだに》はその翌々日にやってきた。

「田端から、そちが事件と関わりのある物乞いを引き取っていると聞いてきた」

烏谷は安兵衛がみよしへ移ったことは知らされていなかった。

――田端様は安兵衛さんの身を思い、報《しら》せずにいたのだろう――

季蔵は知り合いが引き取りに来たとだけ告げた。

「知り合いはどこの誰だ？」

追及されたが、

「うっかり、聞くのを忘れました」

額に片手を載せた。

――居所がわかったところで、真の下手人をお縄にできない奉行所は、あの安兵衛さんを、苦しまぎれに下手人に仕立てあげようとするのが関の山だ――

たとえ相手が烏谷であっても、いや、森田藩の中間部屋《ちゆうげん》で行われていることと深いつながりがある北町奉行であればこそ、油断はできないと季蔵は警戒した。

「わたしとしたことが――」

「ふーん」

烏谷は不審げに鼻を鳴らして、

「われらは次々に人を殺《あや》めている下手人を追っている」

烏谷は弥平次の店の手拭《てぬぐ》いのことを承知していた。

「これは何とも凶悪な奴だ。何とかせねばならぬ」

季蔵も同じである。

「しかし、あの裏金作りのことがあるゆえな――」

いつになく烏谷は意気消沈している。

「田端様に命じられて、弥平次の平子屋《ひらこや》を徹して調べられたらいかがです？　前に平子屋は以前の草双紙屋母娘とみよし父娘の惨殺事件の要《かなめ》で、これを洗えば、手掛かりが摑《つか》めるかもしれないとおっしゃったではありませんか」

――あれは方便だったのか？――

季蔵は失望を感じつつあった。

「たしかに言ったが、今はもう、できなくなった。昨日、ご老中に呼ばれて、いらぬことは平子屋にもせぬ方が身のためだと釘《くぎ》を刺された」

烏谷の声は弱々しかった。

「それでは陸から船に乗った悪党をながめているのと同じです。田端様たちとて、到底、下手人に縄をかけることなどできますまい。このまま、手をこまねいておられるおつもりですか？」

「少し言葉が過ぎるぞ」

顔色こそ変えていなかったが、烏谷は大声を出した。

「いやしくも、わしが江戸市中の治安を預かる身だということを忘れるな。悪人を野放しにしておいていいなどとは思っていない。そして、まだ万策は尽きていない。そちは田端に物乞い、いや安兵衛に好物を食べさせれば、正気に戻るかもしれないと申したそうではないか」

「たしかに申しましたが、それは苦肉の策でございます」

「そうではなかろう。そちの顔に〝これは賭けるしかない〟と書いてあるぞ。わしも芝エビに限らず海老好きでな」

この日、はじめて烏谷の顔が緩んだ。

「網を曳《ひ》くと、産卵前の芝エビがかかる網元を知っているのだ。活きのよい最上の芝エビをわしが都合する」

「ありがとうございます」

季蔵は丁重に礼を述べた。

翌日、早速、海産物問屋筑前屋《ちくぜんや》の手代《てだい》が籠《かご》一杯の芝エビを届けてきた。

その手代は塩梅屋をぐるりと見回して、

「ほう、こんなところで時季のお宝を——」

小馬鹿にしたような顔でつい、口を滑らせ、あわてて、

「それではたしかにお届けいたしましたよ」

そそくさと帰って行った。

「あら、失礼しちゃう」

おき玖は唇を尖《とが》らせたものの、

「筑前屋さんといえば、一流処《どころ》の料理屋さんに魚を卸してるので有名だものね。筑前屋に一声かけて、お金さえ惜しまなければ、たいてい、どんな海産物でも手に入るそうよ。料亭の八百良《やおりょう》なんかじゃ、きっと、当たり前みたいにお膳に最高の芝エビが載ってるんでしょうね。あの手代さん、うちあたりに届けさせられたのは、きっと初めてだったのよ」

目は苦笑している。

「それにしても、あるところにはあるものねえ」

籠に吸い寄せられたおき玖の目は丸く変わった。

「前に、活きのいい芝エビが上がる、網のことを聞いたことがありました。ただし、どこの誰が曳いている網かはわからないそうで――」

「どうせ、買い集め上手の筑前屋さんは知ってるんでしょうけど」

「最高の芝エビです。早速、天麩羅に拵《こしら》えましょう」

「三つ葉がいるなら、あたし、青物屋まで買いに行くわ。春先に食べた屋台の天麩羅、芝エビのかき揚げに三つ葉が入ってたわ。香りがよくて美味《おい》しかった」

「いや、芝エビだけで。安兵衛さんが屋台で揚げていたのは、芝エビだけのような気がします」

「たしかにね。え、び、え、びって言い続けていたものね。よほど好きなんだと思う」

季蔵は芝エビのかき揚げの支度を始めた。

「おいらは何をしたらいい？」

使いから戻った三吉《さんきち》が加わった。

「天麩羅を揚げるのをやってみるか」

季蔵は日頃から三吉が、好物の天麩羅を揚げたがっているのを知っていた。

三吉はこう洩らしていたのである。

「屋台の天麩羅屋の手つきと、揚がった天麩羅を引き上げる間のいいことといったら。おいら、あれ見てると、涎《よだれ》が出てくるだけじゃなく、いくら魚が上手《うま》く下ろせるようになっても、まだ負けてるって思うんだ。家で試してみようとしたら、おっかあが角を出して怒るから無理で——」

油を入れた鍋を火で熱し、衣《ころも》をつけた具材を揚げる天麩羅は、火事の危険性が高く、家庭料理には歓迎されていなかった。

「いいんですか」

「そろそろ三吉が揚げた天麩羅を食べてみたい」

季蔵は微笑《ほほえ》んだ。

「一生懸命やります」

緊張すると歯を食いしばる癖がある三吉の顔が、三角のむすび型になった。

四

「背わたは細くて見えづらいが、いい加減にせずにしっかり取るんだぞ」

季蔵は芝エビの殻を剝き始めた三吉に注意した。

このところ、季蔵は三吉に教える折など、必ず長次郎のことをなつかしく思い出す。

——とっつぁんには、まだまだ教えてほしいことが沢山あった——

「わかってやす」

三吉は芝エビの背わたを取るために爪楊枝《つまようじ》を手にした。

「おいら、一人前になれるのかな」

ふと呟いた三吉に、

「一人前か――」

「でも、いつなれるか――」

三吉は不安そうに芝エビの笊《ざる》から顔を上げた。

「一人前になってどうしたい？」

「おいら、季蔵さんみたいになれたら、下働きにいろいろ教えてやるんだ」

「何だ、兄貴風を吹かしたいだけか」

「まあ、そうなんだけど――」

「これだけは言っておく。料理人は自分が一人前だと傲《おご》ったとたん、半人前以下になる。覚えておけ」

――これもとっつぁんの言葉だった――

季蔵の口調は厳しく、

「へい」

三吉は亀のように頭をすくめ、下拵えした芝エビを布巾《ふきん》の上に置いて、丁寧に水気を拭《ぬぐ》った。

「次は衣だね。衣は小麦粉の量を多すぎないようにしねえとな」

天麩羅のタネを潜《くぐ》らす衣は、溶き卵と水、小麦粉を混ぜたものである。小麦粉が多すぎて衣に粘り気が出ると、しんなりしてしまってからりと揚がらない。

「その前にやることがあるだろう」

「やっとくこと?」

三吉は布巾の上の芝エビを見つめた。

「このまま、タネを衣に潜らせただけじゃ、たとえ油の量の加減がよくても、ばらばらに崩れかねない。衣だってべろべろになってしまう」

「そうだ」

三吉は手を打った。

「思い出したよ。季蔵さんは小麦粉を衣に潜らせる前のタネにまぶしてた」

頷いた季蔵は、

「小麦粉の粘りでタネや衣がばらけない。さあ、早く、鍋を火にかける前にまぶしておけ」

三吉は水気を取った芝エビを皿に取って、小麦粉をまぶして馴染ませた。

こうしてやっと、芝エビの天麩羅の準備が調った。

「菜箸《さいばし》は二組用意しておくように」

揚げている途中に、菜箸が折れでもしたら、上手く揚げることはもうできない。

天麩羅は人の手が揚げるのではなく、菜箸が揚げるようなものだと、これも長次郎から教わった。

次に三吉は胡麻《ごま》油を鍋に注ぎながら、

「かき揚げのコツは、まず、鍋に油を入れすぎないことでしたよね」

「そうだ。タネが油で隠れるか、隠れないかの量でいい」

「それだと崩れないっていうんだけど、おいら、季蔵さんが天麩羅揚げてて、タネが崩れたのなんて見たことない」

「そんなことはない。天麩羅をやらせてもらって間もない頃は、油の中でタネがばらばらになってね、それはそれは情けない気がした」

――そういう時、とっつぁんは叱《しか》りつけるのではなく、〝上手くいかないもんだろ、料理ってえのも、人の生き死に同様、思った通りにはならねえもんなんだ〟と言って屈託なく笑った。とっつぁんにこっぴどく叱られるのは、もう、これは大丈夫とつい気を抜き、手順を省いて、味に差し障《さわ》りの出た時に限ってた――

三吉の丸々した身体に似合わず、肉厚だが小さな手が、巧《たく》みに菜箸を使いこなして、芝エビの天麩羅が出来上がった。

「からりと揚がっていて、一口嚙むと芝エビの旨味《うまみ》が口いっぱいに広がる。三吉、よくやった」

――これなら大丈夫だ――

三吉を褒めた季蔵は、揚げ立てを重箱に詰めると早速、浅草今戸町のみよしに向かった。安兵衛に食べてもらうためであった。

みよしが見えてきた。葭簀《よしず》の下の縁台の赤い毛氈《もうせん》が目に入った。

——主《あるじ》と娘があんなことになったというのに、もう、商いを始めているというのか——

季蔵は愕然とした。

ここで世話を受けている安兵衛のことも案じられる。

——真の下手人に嗅《か》ぎつけられでもしたら——

「塩梅屋さん」

赤い襷《たすき》をかけて、おれいのものと思われる黄八丈《きはちじょう》をやや窮屈そうに着て、きびきびと立ち働いているおしんが声をかけてきた。

「驚きました」

季蔵は縁台に腰掛けて茶を啜《すす》っている客たちを見た。年配の男女が多く、順番を待つ人たちもいて、かなり流行《はや》っているように見える。

「豪助さんたちは中にいます。そちらへどうぞ」

季蔵が中へ入ると座敷からは大きな鼾《いびき》が聞こえている。覗《のぞ》くと安兵衛が畳に大の字になって眠っていた。

物音のする厨《くりや》へと急ぐと、皿や湯呑みを洗っている豪助の後ろ姿が見えた。

「誰だ」

咄嗟に包丁を握って振り向いた豪助は、

「兄貴だったか」

ほっと息をつくと、包丁を置いて、

「いい匂《にお》いだ。差し入れは有り難《が》てえ」

鼻を蠢《うごめ》かせて重箱を見つめた。

「話がある」

季蔵は眉《まゆ》を寄せた。

「ちょっと、待っててくれ。ここを区切りにしねえとなんねえ」

器を洗い終わった豪助は、茶を淹《い》れるために湯を沸かし始めた。

「ここは甘酒を売っているのではないのか？」

「みよしの甘酒はおやじさんの秘伝の味で、教えたのは、跡を継ぐはずだったおれいさんだけだったんだと、おしんから聞いたよ。だから、おしんは甘酒なんぞ拵えられねえ」

「それで、おまえの得意の茶か」

「俺にかかれば、茶はとことん美味《うま》くなる」

豪助は胸を張った。

「ところでこれは何だ？」

季蔵は俎板《まないた》の上の大きく切り落とされた昆布《こんぶ》を指差した。

「昆布の下にも昆布がある。昆布と昆布の間は茄子《なす》」

「茄子の昆布じめだな」

季蔵は上の昆布を茄子の上から取り除《の》けた。縦割りにして薄く切られた茄子が、昆布じめにする白身の魚のように並べられている。

「おしんの奉公先の丸清で人気のあった変わり浅漬けだそうだが、考えついたのはおしんだそうだ」

「茄子の浅漬けとは珍しい」

普通、茄子は灰汁《あく》が多いので、生食や浅漬けには不向きであった。

「上方《かみがた》の水茄子なら昆布じめも美味いだろうが」

長次郎の日記に、上方から来た客から聞いた話として、和泉《いずみ》の国上之郷村（現在の大阪府佐野市上之郷近辺）には、百姓が水代わりにもいで食べることから、水茄子と呼ばれる茄子の種類があると書かれていたのを、季蔵はふと思い出して、その話をした。

「江戸茄子にだって、中には灰汁の少ないものもあるんだそうだ。今頃は皮も身も柔らかくて、昆布じめにしても美味《おい》しい。とにかく、ちょいとつまんでみてくれ」

古くから作られてきた江戸茄子は蔓細千成《つるぼそせんなり》とも言われ、低く横に広がった枝に小さな実がたわわについて、晩春から晩秋まで長い間膳に上る。

――たしかに種類によっては、今頃の江戸茄子も浅漬けにできる。昆布じめも悪くはないかもしれない――

勧められた季蔵はつまんで口に運んだ。

「どうだい？」

「驚いた。期待以上だ」

茄子の昆布じめはただの浅漬けとは一線を画していた。昆布の風味が塩気を含んだ茄子の水気と溶け合って、何とも、趣《おもむ》き深い高尚《こうしょう》な夏の逸品である。

――甘酒もいいが、茶受けにはもってこいのおつで粋な味だ――

「お客様方がお待ちかねだろう。俺も手伝う」

季蔵は茄子の昆布じめの盛りつけをかって出た。

半刻（一時間）ほどして、

「一息ついてくださいな。後はあたしで大丈夫」

額に汗を滲《にじ》ませたおしんが声を掛けてきた。

二人は安兵衛のいる座敷へ入った。安兵衛は相変わらずの高鼾である。

「うちで預かってる時には鼾はかかなかったが――」

――うちではよく眠れていなかったのかもしれない。きっと、鼾もかけないほど疲れていたのだろう。長屋と塩梅屋を行き来するのも、多少は気の張ることで、ここは動かずに済むので、まずはほっとしているのだ――

季蔵はしばし、無心に眠っている安兵衛の顔を見つめていたが、

――これで襲われたら、逃げるどころか、抗《あらが》うこともなく命を奪われてしまう――

季蔵は眉根を寄せた。

五

座敷には火鉢があり、その後ろに仏壇が据えられ、二つの新しい位牌《いはい》が並べられている。

季蔵は線香を上げて手を合わせてから、豪助と向かい合った。

「これはいったい、何の真似《まね》だ？」

季蔵は厳しい目で、

「うちと違い、ここなら店を閉めているから、人が集まらないだろうから安心だと思って、安兵衛さんを預けたんだぞ。こんなに絶えず人がやってくるようでは、いずれ、真の下手人が安兵衛さんのことも嗅ぎつけてしまう。相手は人殺しを何とも思っていないような奴だ。安兵衛さんだけではなく、おしんさんまで、善平さんやおれいさんと同じような目に遭わないとも限らない。そんなことを亡くなった二人は望んでいるわけもない。わかっているのか」

豪助を叱りつけた。

「おしんの変わり浅漬けが美味いんで、客が寄ってきちまうんだよ。仕方ないじゃねえか」

そう切り返した豪助は目を伏せている。

「おしんさんが丸清から暇をもらって、何日も経《た》っていない。それなのに、ここへ沢山のお客さんたちが押し寄せるのはおかしな話だ。いい加減なことを言うな」

季蔵の強い口調に豪助はうなだれた。

「どうか、豪助さんを叱らないでやってください」

盆に茶の入った湯呑みと、茄子の昆布じめを皿に載せておしんが入ってきた。

「甘酒は無理だけど、変わり浅漬けを目当てに、見知ったお客さん方に来てもらおうって考えたのはあたしなんですから。あたしが皆さんに報せたんです」

おしんは無念の目を仏壇の位牌に注いでいる。

「どうして、また、そんなことを」

季蔵は下ぶくれというよりも、今は父善平のように鰓の目立つ、思い詰めたおしんの顔を凝視した。

「そんなの決まってるじゃありませんか。おとっつぁんと姉さんの仇を取りたいからですよ」

「危なすぎる」

「俺はまだ安兵衛が下手人じゃないとはっきりわかったわけじゃねえから、油断がなんねえ。おかしな振る舞いをするかもしんねえ。背中を見せたら危ねえし、こいつ一人で見てるだけでもてえへんだと思って、みよしに泊まり込むことにした。代わる代わる、こいつの世話をしながら見張らなきゃってね」

安兵衛がみよしに引き取られてから、朝、豪助は浅蜊《あさり》を売りに来なくなっていた。

「だから、隠れてる真の下手人を引っぱり出そうなんてのは、とんでもねえ博打《ばくち》だと、止めさせようとしたんだが――」

豪助が口籠《くちご》もると、

「お客様方への文には、あたしが丸清からお暇を頂いた理由、おとっつぁんや姉さんのことや、物乞いの形をしていた安兵衛さんを預かっていることも書きました。安兵衛さんが二人の殺された場所に居合わせていただけだとして、あたしたちが世話をしていると知れたら、下手人は必ず、ここへ口封じに来るでしょう。豪助さんが疑っているように安兵衛さんが下手人だったとしたら、仲間がいるかもしれない。その仲間もやっぱり、安兵衛さんが生きていては心配でここへ来る。あたしたち、どんなことをしても、下手人に罪を償わせたいんです」

「あたしたち？」

季蔵は豪助を見た。

「仇を取りたいっていう気持ちは、俺もおしんと同じくらい強い。兄貴に叱られることは覚悟で俺たちはこれに賭けたんだ」

豪助はもう目を伏せず、じっと季蔵を見据えた。

その目には何があっても、仇を取ってみせるという強い決意が溢《あふ》れていた。

――止めたって無駄だぜ――

「早まったことをしてくれたものだ」

ため息をついた季蔵は、用意してきた重箱の包みを解いた。

「お、芝エビのかき揚げか。道理でいい匂いがしてたはずだ」

「醤油《しょうゆ》を持ってくるわ」

江戸の天麩羅のつけだれは醤油と決まっている。

「兄貴はこれでそいつに思い出させるつもりか？」

豪助の目は不審そうである。

「本人に聞くのが一番たしかだし、襲われる心配もない上に、誰も巻き添えを食わない」

「そうは言ってもねえ。暇があると鼾をかいて、眠り呆《ほう》けてるこいつが思い出してくれるとはとても思えねえよ」

豪助はぶつぶつと呟きつつ、

「さあさ、起きた、起きた」

大声を上げたが安兵衛は目をつぶったままで、片耳をぐいと引っぱりあげたところで、うっすらと目を開いた。

くんくんと鼻を鳴らしている安兵衛に、

「好物を持ってきました」

季蔵は重箱のかき揚げを差し出した。

ごくりと唾を飲み込んだ安兵衛は、かき揚げと季蔵の顔を交互に見た。

「どうか、召し上がってください」

季蔵は箸と醤油の注がれた小皿を渡した。

安兵衛は箸は使ったが、醤油は付けずにがつがつとかき揚げを食べ続けた。

「ちゃんと飯を食わせてるんだ。全部食っちまわねえでもいいだろう」

豪助が大声で苦情を洩らすと、びくっと肩を震わせた安兵衛は、ちらりと重箱の隅のかき揚げを名残《なごり》惜しそうに見たものの、手にしていた箸を置いた。

豪助は残っているかき揚げに醤油をつけて口に入れると、

「美味いな。さすが芝エビだ。美味くて美味くてたまらねえ。そうだろ」

安兵衛の顔色を覗《うかが》った。

「う、ま、い」

しかし、安兵衛の表情は感動とは無縁である。

「え、び」

すがるような目を季蔵に向けた。

「え、び、え、び、えび」

駄々をこねているかのように繰り返す。

——これがえびではないというのか？——

季蔵は首をかしげた。

豪助も様子がわかったのか、

「なに、とち狂ってるんだよ。今、あんたが大食いしたのがえびだろ」

気の毒そうに季蔵を見た。

その目はだから、こんなことは無駄だと呆れている。

「え、びねえ——」

季蔵は両腕を組んで考えこんでしまっていると、

「ちょいと上がらせてもらうよ」

喜平がひょいと座敷を覗いた。目笊を手にしている。

——そうだ。喜平さんも安兵衛さんがここにいることを知っている一人だった——

季蔵はこうして訪れる喜平の身も案じられた。

「実はあんたのところへ行って、ここだと教えられてきたのさ。これを安兵衛さんに食べさせてやってくれないか」

喜平は季蔵の目の前にさっと目笊を差し出した。

中身は活きのいい芝エビであった。

「漁は倅に任せて、楽隠居してる知り合いの漁師に頼んだんだよ。言い値で払うから、最高の芝エビを何とかしてくれって——。まあ、世の中、蛇《じゃ》の道はへびだからね」

——お奉行と同じ闇買いか——

喜平も老いたとはいえ、烏谷に負けない貪欲《どんよく》な食通であった。

「それに、季蔵さんの話じゃ、好物を食べると、忘れていたことを思い出すかもしれないそうじゃないか。是が非でも、わしのことを思い出してほしいんだ。あの川辺にあった天麩羅屋の屋台から、夏には見えた両国の花火のことなんかを——」

豪助は黙ったまま、季蔵を見た。これほどの想いの喜平に、安兵衛は芝エビのかき揚げを平らげたものの、何か思い出す様子はなく、まだ、〃え、び、え、び〃と繰り返しているとはとても言えなかった。

「実は——」

季蔵はこの経緯を説明した。

「それで安兵衛さんは美味そうに食ったかい?」

喜平は落胆しなかった。

「それはもう——」

にこにこと笑い顔の喜平は、

「ならばいい。きっとまだ安兵衛さん、海老が食い足りないんだよ。そうだ。かき揚げはもう充分食べただろうから、あんたには急なことですまないが、今度は別の海老料理をここで作ってやってくれないか」

頭を下げた。

「わかりました。でも、今度もまた、何も思い出さないかもしれませんよ」

「かまわないよ。花火の話がしたいのは山々だが、安兵衛さんが美味そうに食べる様子も見たい。それだけでもいいと思ってる」

喜平はそう言い切った。

「それでは待っていてください」

季蔵は厨に立つと、

――はて、何にしたものか――

しばし目笊の芝エビに見入ったが、

――いっそ、かき揚げとは似ても似つかない、深みのある味を引き出してみよう――

早速、殻を剝き始めた。

六

「手伝いましょうか」

おしんが声を掛けてきたが、

「海老も貝の仲間と考えりゃあ、手伝いは慣れてる俺だ」

豪助が腕まくりをすると、

「それなら、剝いたこの海老を叩いてくれ」

季蔵は包丁を渡した。

「よし、わかった」

早速、とんとんと俎板が弾む音を立て始めると、

「海老は鶏なんぞと違って、身が柔らかいから仇みたいに叩かないように。歯応《はごた》えがあるようほどほどにしてくれ」

そう注意した季蔵は、

「よかった、あった」

竹籠へ手を伸ばした。

「卵を使うんですね」

おしんは季蔵がどんな料理を拵えるのかと興味津々である。

「卵は今日、買ったばかりです。毎度、茄子の昆布じめばかりが菜じゃ、豪助さんや安兵衛さんが物足りないんじゃないかと思って」

「助かりました」

季蔵は竹籠の中から卵を五つばかり取り出すと、鉢に割り入れた。菜箸を使ってくるくると切るように、泡をたてずに混ぜていく。

火の熾《お》きている竈《かまど》に、大きく平たい深鍋をかけて菜種《なたね》油を引くと、よく混ざった卵汁を一挙に流す。

「卵焼き？」

おしんは呟いたが、季蔵の菜箸は絶え間なく動き続けている。

「あら、もう、上げてしまうのね」

煎り卵にさっと火が通ったところで、季蔵はそれを別の俎板の上に移した。

煎り卵が冷めたところで、

「すだれはありますか？」

おしんは伊達《だて》巻《ま》きが好きだった父善平のために、おれいが長年使ってきた竹の黄色いすだれを出してきた。

　季蔵はまず、すだれの上に煎り卵をならして敷くと、中央に叩いた海老を一文字に重ね、すだれを押すように巻き上げて、くるりくるりと茶筒の形を作った。

　竈にかけた蒸籠《せいろう》にその茶筒を入れ、ゆっくりと蒸し上げていく。

　その間、短冊に切って、飾りにする人参《にんじん》を茹《ゆ》でていると、

「三つ葉もありますよ」

　おしんは買い置いてあった三つ葉を思い出した。

「色目がよくなります」

「そろそろ教えてくださってもいいでしょ？　何というお料理なんです？」

　おしんはもどかしそうに尋ねた。

「海老の黄身巻き椀に似たものです」

　似たものと言ったのは、長次郎から言葉だけで教えられた八百良の海老料理で、拵えたのはこれが初めてだったからであった。

　蒸し上がった海老の黄身巻きは、よく冷まし、叩いて芯《しん》にした海老が、黄色い花の薄紅のめしべのように見えるように切り分ける。

　それを椀に盛り、昆布のきいた出汁《だし》を張って、人参と三つ葉を飾りつければ出来上がりであった。

　座敷で待っていた喜平は、

「海老の旨味が堪えられない。外の卵が閉じ込めてやってるからだろう」

感嘆した。

「ふんわりした美味しさだわ。最高」

ため息をついたおしんの顔も柔らかい。

「海老の叩き具合も悪かねえだろう」

自画自賛する豪助に、

「ほんとうにそうね」

おしんは持ち前の明るい笑顔を向けたが、

「でもねえ——」

安兵衛をちらりと見て箸を止めた。

安兵衛の箸は忙《せわ》しく動いている。だが、その表情はかき揚げを平らげた時のものと寸分も変わらない。ずずっと音を立てて汁が飲み干されて終わると、また、畳の上に丸くなってしまった。

「どうだった？　安兵衛さん、美味かったろう？」

喜平が話しかけても、目を閉じたままである。

「どうやら、これも効き目はなかったようだ」

豪助はやや腹立たしそうに安兵衛を見た。

「え、び」

安兵衛は懲りずに呟いた。

「え、び、え、び、な、つ、な——」

「うるさい」

とうとう豪助の堪忍袋の緒が切れて、

「いくら好物だからって、もう海老は食わせねえぞ。馬みてえに食いてえなら、大食い競べにでも出やがれ。それまで絶対に食わせねえ」

大声を出した。

びくっと身体を震わせた安兵衛だったが、

「え、び、な、つ」

怯《おび》えた声で続けずにはいられない。

「安兵衛さんに酷いことを言うのはよしてくれ」

喜平は豪助に負けずに大声を張り上げた。

二人は常にない表情で睨みあっている。

「安兵衛さん」

季蔵は話しかけた。

「今、え、び、な、つと言いましたか？」

「え、び、な、つ」

安兵衛は繰り返しているうちに、

「えび、なつ」

するっと続いた。

「安兵衛さんが言いたいのは、夏の海老ではないかと――」

季蔵が呟くと、

「夏の海老なら、今、食べたろうに」

ぶすっと豪助は応えたが、

「たしか――」

喜平は何かを必死で思い出していて、しばらくして膝を打った。

「そうだ。これはシャクナギのことだったんだ」

すると、突然、

「シャクナギ、シャクナギ、シャクナギ――」

すらすらと続けた安兵衛の目がいきなり輝いた。

――え、びと初めて言った時と同じ目をしている――

間違いないと季蔵は確信した。

「シャクナギ」

同時に、その名称を口にした季蔵、豪助、おしんは思わず顔を見合わせた。

シャクナギとはシャコのことであった。淡い灰褐色の殻を茹でた時、紫褐色に変わり、シャクナゲの花に似ていることから名付けられた。

「あの拝み虫かい？」

豪助は顔をしかめた。

「あら、豪助さんはシャクナギが嫌いなの？」

おしんはくすっと笑って、

「たしかに海老と比べると、シャクナギはちっとも男前じゃあないけど。でも、味は海老に似てて悪くないし、沢山獲《と》れるから、海老より安い」

講釈した。

シャコの身体は海老にやや似ているものの、扁平《へんぺい》であり、頭は拝み虫と言われるカマキリそっくりで、大きな鎌状の捕脚と数本の鋭い刺《とげ》を持ち合わせている。

海底の巣穴に潜んで産卵するシャコは、捕脚を目にも止まらぬ早さで用いて、小魚だけではなく海老や蟹《かに》までもを餌《えさ》にする。この捕脚には甲殻を叩き割るほどの力があった。芝エビなどよりもよほど獰猛《どうもう》で繁殖力が旺盛《おうせい》であった。

「たしかにシャクナギなら今頃が旬だ」

――シャクナギと芝エビは、微塵《みじん》に切ったり、叩いたりしてしまえば、あまり変わらない。以前、備前《びぜん》（岡山県）生まれのお客さんが、シャクナギの天麩羅は故郷の懐かしい味だと話してくれたことがあった。まさか、安兵衛さんが微塵のシャクナギを夏の海老と偽って、かき揚げにしていたとは思えないが――

首をかしげた季蔵の胸中を察したのか、

「安兵衛さんに、揚げたシャクナギを食わせてもらったことはない」

喜平はきっぱりと言い切った。

「そうなると、やはり、握りでしょうか」

屋台の寿司屋では、茹でたシャコの剝き身に、煮詰めだれと言われる、醬油と砂糖の甘辛ダレを塗った握りが人気であった。

「でも、シャクナギの握りなんて、一年中、どこの寿司屋台にもあって、何も夏の海老だなんて、勿体《もったい》つけることなぞ、ありゃしねえぜ」

「若さは浅さだな」

喜平はふんと鼻を鳴らした。

「どこがどう、浅いってえんでえ？」

豪助がムキになっても涼しい顔で、

「十文かき揚げの安兵衛さんのことだ。旬のシャクナギの醍醐味《だいごみ》を知ってたんだよ」

相づちをもとめられた季蔵は、

「カツブシとツメですね」

「さすが季蔵さんだ」

喜平はにやりと笑った。

カツブシとは春から夏にかけて、雌の身の中央に棒状に入る卵のことである。卵入りのシャコをカツブシと呼ぶのは、カツブシのように美味だからであった。カツブシの入ったシャコは安くなかった。

また、シャコのツメは捕脚であるハサミの身肉のことで、米粒よりやや大きい程度のものである。これは一尾から二個しか取れないので、これを使った握りはカツブシと同じか、それ以上に贅沢《ぜいたく》である。

七

「でも、どっちなんだい？　カツブシか、ツメか？」

今まで、カツブシともツメとも縁の無かった豪助は首をかしげた。

「夏の海老ということになると、子を持つカツブシじゃない？」

おしんには、子どもの頃、たった一度、シャコが捨てるほど大漁だった夏に、甘辛い煮付けでカツブシを口にしたことがあった。その時のとろりとした柿色のカツブシは、嚙むと口の中に甘さがぷつぷつと広がって何とも美味であった。

「こいつの言ってる夏の海老ってえのは、カツブシとは限らず、シャクナギ料理ってことかもしんねえじゃないか」

豪助は喜平をじろりと見た。

すると、また、

「シャクナギ、シャクナギ」

安兵衛は子どものような笑顔で歌うように続けて、

「それでは、思いつく限りのシャクナギ料理を試してみることにしましょう」

この夏、シャクナギは捨てるほどではなかったが、そこそこ大漁で気軽にもとめられた。

「よっ、シャクナギ尽くしか、いいね」

喜平が合いの手を入れると、

「いいね、いいいね」

繰り返した安兵衛は初めて旧友である喜平の方を見た。

塩梅屋へ帰った季蔵は早速、シャクナギを使った料理を紙に書いてみた。

長次郎が教えてくれたものや、日記に書き遺《のこ》した料理や客から聞いたものである。

料理人たちはシャクナギを略してシャクと呼ぶことが多かった。

シャクのお造り　山葵醤油
塩茹シャク　好みで煎り酒
シャクの天麩羅
シャクの酢の物
シャクの握り

二階から下りてきたおき玖が覗き込んだ。

「シャクの尽くしとは珍しいわね。でも、大変よ。おとっつぁんも旬のシャクナギは美味いけれど、店で出すのは難儀だってよく言ってた」

案じる顔になったのは、傷《いた》みやすいシャコは生きたままでないと料理に使えないからであった。

「豪助が明日の朝、浜へ出向いて、知り合いから仕入れてくれることになっています」

「それならよかった」

おき玖はほっと息をついた。

「シャクナギなら俺に任せてくれ」

そう言って胸を叩いた豪助は翌日、天秤棒《てんびん》の代わりに大籠いっぱいのシャクナギをぶらさげて、塩梅屋の戸口に立った。シャクナギが折り重なってごそごそと動いている。

「おい」

季蔵が後ろから声をかける。

「何だ、兄貴か」

振り返った豪助は表情が固い。

「何だ、兄貴かはないだろう」

「どうにもね――」

豪助は手にしていた大籠を、季蔵の目から避けるように左手に持ち替えた。

「俺はとんと縁がなかったせいで知らなかったが、このところ、カツブシが人気なんだぞうで、知り合いのよしみとはいえ、なかなか売っちゃくれなかったんだよ」

「さっき沢山、シャクナギが見えたが――」

「これらはほとんど、カツブシの無い雄だ」

「尽くしのシャクナギ料理は、カツブシの握りだけじゃない」

「役に立つかな」

不安そうな豪助に、

「大丈夫だ」

季蔵は大きく頷いて見せた。

そこへ、

「季蔵さん、豪助さん」

三吉が走ってきた。

「すいません、遅れちまって」

三吉には今日に限って、朝六ツ（午前六時）前に来るように言い置いていた。

「それじゃ、取りかかろう」

おき玖がすでに、一番大きい大鍋で湯を沸かしていた。湯はぐらぐらと煮えたぎっている。

「用意はできてる。いい按配《あんばい》よ」

「頼むぞ」

豪助はシャクナギの大籠を三吉に渡した。

「それじゃあ――」

三吉は早速、大籠を大鍋に傾けて、中のシャクナギを残らず、茹で上げようとした。

「ちょっと、待て」

季蔵は三吉が抱えている大籠を取り上げた。店にあった籠を二つ横に並べて、

「まず、こうして――」

一匹、一匹、生きているのを確かめながら移していく。捕脚を動かして鎌をふるおうとするほど活きのいいものは、刺身用にと取り分ける。これは何尾もいなかった。しかもカツブシ入りのものは数えるほどしかない。

――これで、カツブシの刺身は夢と消えたな――

季蔵の心に不安がよぎった。

――もし、安兵衛さんの本命がカツブシの刺身であったら――

「あ、動かねえのがいる」

三吉がけたたましい声を出した。

季蔵はそれをどちらの籠にも移さなかった。

「おまえが可愛がっている猫の餌にしろ。とにかく、シャクナギは活きの良さが勝負なんだ」

「うちで出るシャクナギの煮物も活きがいいんだろうか。おっかあはお人好《よ》しだし、素人《しろうと》の煮物はやたら甘辛すぎるんでよくわかんねえ――」

「三吉のおっかさんは、家族に美味しいものを食べさせてやろうと、丁寧にシャクナギを選ぶはずだ。だから死んでるシャクナギは決して買わないだろう。そんなことを言うと罰《ばち》が当たるぞ」

「すいません」

三吉は首をすくめた。

「さあ、塩を入れるわよ」

おき玖は粗塩をぎゅっと握った拳《こぶし》を、大鍋の湯の上で開いた。

「入れてくれ」

「へい」

三吉は籠の中身を逆さにして、生きているシャクナギを大鍋に放り込んだ。

「浮いてくれば出来上がってる証だ」

季蔵は急いで、茹で上がったシャクナギを大笊にあげた。

「冷ますんですよね」

三吉が水を汲《く》みに走りかけた。

「いや、急に冷たい井戸水を使うと水っぽく仕上がるから駄目だ。といって、自然に冷ますと殻が剝きにくくなる。ほどほどに冷めたところで剝くのが、いい剝き加減なのだ」

「殻を剝くのにもコツがいるとは――」

三吉は、料理は奥が深い、まだまだ自分は修業が足りないと思い知った。

「そりゃあ、そうだよ」

不意に喜平の顔がぬっと現れた。

「戸口から声をかけたんだがね、これに夢中で聞こえねえようだったから、勝手に邪魔した」

「喜平さんはシャクナギの殻のこと、知ってるんだね」

三吉は無邪気に訊いた。

「安兵衛さんだけじゃなく、わしもシャクナギは好物なんだよ。殻の剝き方で味が変わるんだから、ここはしくじっちゃならないと、シャクナギの塩茹でだけは嫁にも任せられない。そうだろ、季蔵さん」

頷いた季蔵は、

「茹でが本領で、握りに欠かせないシャクナギは姿が決め手ですから、味を保つだけではなく、綺麗に仕上げないと――」

シャクナギがほどほどに冷めたところで、季蔵は殻を剝き始めた。

殻が固いシャクナギの殻剝きに手は使わない。まず、包丁で頭の付け根と尾を落とす。胴体の両脇も真っ直《す》ぐに切り落とす。腹と頭、各々《おのおの》の方から殻を外し、背の殻を剝く。腹側が丸く握りづらいので、軽く押し潰すようにするか、切り目を入れて開く。

これで握りのネタになるシャクナギの出来上がりであった。

「おや、やっぱりカツブシが少ないな」

喜平が呟いた。

開いたシャクナギのうち、カツブシの腹側には、黄金色《こがね》のウニが分厚く塗られているように見える。しかし、このカツブシは数えられるほどであった。

「悪かったな」

痛いところを突かれたと感じた豪助はふて腐れた。

昨日、任せてくれと大見得を切った時、喜平も居合わせていたので、何とも合わせる顔がない。

「何もおまえさんを責めちゃいないよ。それにシャクナギってえのは、助平だから大丈夫なのさ」

喜平はにやっと艶めいて笑った。

「どういうことだい？」

この上、からかわれるのかと誤解した豪助は目を怒らせた。

第四話　乙女《おとめ》鮨《ずし》

一

「シャクナギの旬が今頃なのは、雌の腹がカッブシになっちまうせいだけじゃない。今の雄も味がいい。こいつを食わせてもらう方にとっちゃ、落噺《おちばなし》の結びじゃねえが、雄雌ともにお盛んでよろしいようで、ってなもんなのさ」

喜平《きへい》は得々と説明して、

「秋から冬にかけて、シャクナギは雌雄とも身が締まって傷《いた》みにくくはなるのですが、味の甘みは今頃のものに敵《かな》いません」

季蔵《としぞう》が言い添えた。

「それでも海老《えび》と違って、年中獲《と》れて食えるシャクナギは大したものだ。いつだって食えるし、食いたくなるんだから、やっぱり、人に似て助平だよ。きっとシャクナギには助平の御利益《ごりやく》がある。老いも若きも、せいぜいシャクナギ食いに励むことだよ」

聞いていた季蔵は、

——ここに辰吉《たつきち》さんが居合わせなくてよかった——

辰吉は喜平の助平談義を好まなかった。この手の話が出ると、酒が酒を呼び、青筋を立てて喧嘩《けんか》を売る。

一方、豪助《ごうすけ》は、

「面白《おもしれ》え話だが、俺は信じねえ。シャクナギはシャクナギ。たいていのもんは安くて美味《うま》いだけさ」

さらりと躱《かわ》した。

この後、季蔵は握りにかけるシャクナギの煮詰めだれを拵《こしら》えた。

醤油《しょうゆ》と砂糖を煮詰めるだけではなく、

「おっ、煎《い》り酒が隠し味だね」

喜平は目ざとかった。

「味醂《みりん》風味の煎り酒で味に深みを出してみようかと——」

「味醂風味の煎り酒ってえのは、長次郎《ちょうじろう》さん秘伝の梅干しと酒だけの煎り酒に、味醂を加えたもんだったね」

「ええ」

季蔵は長次郎秘伝の塩梅屋《あんばいや》の煎り酒を梅風味の煎り酒として、これを下地に各々《おのおの》、鰹節《かつおぶし》、昆布、味醂を加えて、四種の煎り酒を作り、料理によって使い分けていた。

「味を見てください」

季蔵はとろみの出てきた煮詰めだれを、匙《さじ》で掬《すく》って小皿に載せた。

「それじゃ、ちょいと」

喜平は大喜びで一舐《な》めした。

「醤油と砂糖、味醂に混ざってれば、梅の味なんぞ消えちまうかと思ったがそうでもない。ここまで上品で奥行きのある煮詰めだれはほかにないよ」

「ありがとうございます」

喜平は大袈裟《おおげさ》に褒めてくれたのだろうとは思いつつ、正直、季蔵はほっとした。

――シャクナギの握りが、屋台の寿司屋と同じではあまりに情けない――

「ごめんください」

店先で若い女の声がした。

「きっと、おしんさんと安兵衛《やすべえ》さんだわ」

おき玖《く》が戸口へと駆け寄った。

このシャクナギ尽くしには、用意が出来る頃の昼時に、おしんが安兵衛を伴って訪れることになっていた。

「あら、安兵衛さん、見違えたわ」

おき玖が目を瞠《みは》ったのは、安兵衛が、こざっぱりしていたからであった。

今は亡き善平《ぜんべい》の物と思われる唐桟《とうさん》を、すっきりと着こなしているだけではなく、ぼさぼさだった髪まで月代《さかやき》も鮮やかに町人髷《まげ》に結われ、髭《ひげ》もあてられていた。結構な伊達《だて》姿である。

——昨日までとは大違いだ——

「こりゃ、驚いた」

季蔵と豪助は思わず顔を見合わせた。

驚いていないのは喜平一人で、こほんと一つ咳《せき》をして、

「ここへ来る前、みよしで、わしは一足先に安兵衛さんの支度を見せてもらったんだが

——」

もう一度、頭のてっぺんからつま先まで安兵衛をじろじろと見て、

「やっぱり、わしが届けた結城紬《ゆうきつむぎ》の方がよかった。唐桟が悪いというんじゃない。わしと安兵衛さんは背格好が似てたんで、わしの届けたものの方が身丈が合ってるはずだ」

不満そうに言った。

「でも、安兵衛さんが髭をあたったり、髷を結うことをよく承知しましたね」

季蔵は襤褸《ぼろ》を着替えさせるのが精一杯だった時のことを思い出すと、訊《たず》ねずにはいられなかった。

「シャクナギ尽くしのご招待を頂いたので〝美味《おい》しいシャクナギ料理を食べさせて頂くには、身体の垢《あか》を落として、その頭も何とかしないと〟って言ったら、これまで、畳にごろんとしたまま、梃子《てこ》でも動かなかった人が急に立ち上がったんです。それからはとんとん拍子でした。盥《たらい》で沐浴《もくよく》して、死んだおとっつぁんの一張羅の唐桟に着替えて——。ちゃん

と帯も自分で結べました。そこへ桐屋のご隠居さんが結城紬を届けてくだすったんです。身丈が合う上、絶対、結城紬の方がいいって勧めたんですけど、安兵衛さん、頑固におとっつぁんの着物を脱いでくれなくて。〝シャクナギ、シャクナギ〟と繰り返すばかりで」

――安兵衛さんは正気を取り戻しかけている――

季蔵は確信した。

しかし、

「でも、わしのことはまだわからないんだ」

喜平は肩を落としている。

「これからですよ」

季蔵は喜平だけではなく、自分自身も励ましたかった。

――さあ、これから、精一杯、安兵衛さんのために腕をふるわなければ――

安兵衛は喜平と並んで床几《しょうぎ》に腰をおろし、その隣りにおしんと豪助が列《つら》なった。

一品目はお造りである。

寿司ネタや煮物にすることの多いシャクナギの刺身は珍味であった。何より活きがとびきりよくないと、臭《にお》って不味《まず》いだけではなく、腹下しどころか命に関《かか》わる。

「ふーむ、甘い」

うっとりとため息をついた喜平は、少しのためらいもなく箸《はし》を動かしたが、

「俺は兄貴を信じて食うぞ」

豪助は気合いをかけて、生のシャクナギを口に放りこんだ。

「こりっとしてるのにとろん。山葵《わさび》醤油といい相性ね」

おしんは応《こた》えのない安兵衛に話しかけながら、ゆっくりと平らげて、

「ツメのお造りもあるんでしょう?」

季蔵に催促した。

「そうだったな」

喜平が置いた箸をまた手にした。

「これだけですが」

季蔵は十粒ほどのツメ刺しの皿を差し出した。

「あら、丸薬みたい」

おき玖が面白く例えた。

「何やら、効能がありそうだ。これは全部、安兵衛さんに譲ろう」

喜平はツメ刺しを安兵衛の目の前にずらした。

安兵衛は箸で律儀にツメ刺しを口に運んだ。これには山葵醤油は使わない。八粒ほど食べ終わったところで箸を置いた。

「それじゃあ――」

堪《こら》えきれずに残りを口にした喜平は、

「こっちは身と違って、それほど甘味はない。だが、濃厚な味でこのこりこり感はたまら

ない」

やはりまた、ため息を洩《も》らした。

――しかし、これではまだ――

安兵衛は背筋を伸ばして腰かけているものの、口は閉ざしたままで、その表情に変化は見られなかった。

半分は握りにとっておくことにして、次は塩茹《しおゆで》が振る舞われた。

これには、梅と味醂風味の煎り酒、各々の小皿が添えられていて、好みでつけて食べる。

「何で鰹風味や昆布は駄目なんだ？」

豪助が呟《つぶや》くと、

「鰹や昆布とじゃ、味が喧嘩しちまうでしょう」

季蔵の代わりにおき玖が答えた。

「これにも山葵醬油が合うはずだが」

喜平が首をかしげると、

「お造り、天麩羅《てんぷら》、握りとも、たれは醬油味です。尽くしですから、醬油ばかりでは単調になると考えました」

「なるほどね」

喜平は塩茹のシャクナギに煎り酒をつけ口に運んだ。

安兵衛はシャクナギの塩茹を、梅風味の煎り酒でつけて食べるのが気に入ったらしく、忙しく箸を動かしている。ただし、無言である。

——このままでは——

季蔵は焦《あせ》りを感じ、

——芝エビとシャクナギはかき揚げにすると、食味も歯応えもそれほど変わらない。安兵衛さんはあれほど、沢山芝エビのかき揚げを食べても、何も思いだしてはくれなかった。だとすると、シャクナギのかき揚げでも——

いささか、悲観的になった。

すると、

「俺は天麩羅が楽しみだ。早く揚げてくれよ、兄貴。実を言うと昨日、もっと食いたかったんだ」

塩茄を食べ終えた豪助は、胡麻《ごま》油を鍋に移している季蔵に、にこっと笑いかけた。

二

「そうか。それじゃ、芝エビに負けないシャク天を食わせてやろう」

豪助の催促が救いになった。

「天麩羅の中でもかき揚げは安くて嵩《かさ》があるだろ。そこがいいんだよ」

豪助は舌舐めずりをした。

シャク天は刻んだネギと塩茄のシャクナギを合わせて、小麦粉をまぶし、さらっと衣をつけて、芝エビ同様かき揚げにする。

「おいらが──」

三吉《さんきち》がかって出たが、

「シャク天はわたしがやる」

季蔵は安兵衛が何か思い出すことを願って揚げ続けた。

「塩気があるから俺は醤油はいらねえ」

豪助がシャク天にかぶりつくと、

「あんたもやっと、こいつの食い方がわかってきて何よりだ」

褒めた喜平は、箸を使わず、揚げ立てのシャク天を手で摘《つま》み、

「あっちっちち──」

悲鳴をあげながら、口に運んで、ぱりぱりと煎餅《せんべい》を噛《か》むように音を立てた。

「安兵衛さんにね、ほんとに美味いかき揚げの食べ方は、もちろん、醤油はなしで、こうやるんだと教わったんだが──」

しかし、当の安兵衛は、皿の上のシャク天を箸で小分けにした後、目の前の付け皿に注がれている醤油に付け、ちまちまと味わっていた。ぺろりと平らげてしまったのだから、不味くは感じていないのだろうが、相変わらず言葉はなく、無表情そのものであった。

「安兵衛さん、びくびくしなくなってよかったわ」

おき玖がふと洩らすと、

「そうなんです。怯《おび》えてると可哀想《かわいそう》で――」

おしんが微笑《ほほえ》んだ。

――たしかに今、安兵衛さんは落ち着いている。ただし、畳の上に丸くなっていた時の方が、たとえ怯えではあっても感情が見受けられた――

もしかして、安兵衛の心の闇は深くなっているのかもしれないと季蔵は案じられた。

茹でたツメは、梅風味の煎り酒を使っての酢の物になった。茹でシャクナギの数がそこそこあったので、数えるほどの粒しかなかった刺身とは違って、小鉢半分ほどの量に仕上がった。

おき玖の口にも入って、

「何ともいえず濃い旨味《うまみ》。でも、さらっとしてる。きっと先に茹でたせいね」

「生のツメは生娘《きむすめ》、茹でツメの方は艶《つや》っぽい年増《としま》女の味だよ。どっちも捨てがたい」

そんな戯《ざ》れ言を洩らしつつも、喜平の目は安兵衛に注がれている。

安兵衛はこれにも行儀よく箸を動かした。

いよいよ最後は握りである。

開いたシャクナギをシャリの上に載せて、上から煮詰めだれを刷毛《はけ》で塗る。カツブシの握りは、青紫のシャクナギの下から覗いている黄金色の卵がえも言われず美しかった。

「梅雨の合間、お陽《ひ》様がアジサイの花を照らしてるみたいだわ」

おき玖は見惚《みと》れ、

「こんな上菓子、ありそうでないのよね」

おしんもため息をついた。

カツブシの握りは何とか人数分出来た。

「うーん」

豪助は唸《うな》るだけで言葉が出なかった。

「たまんねえだろう」

喜平はすぐには口に放り込まず、箸で崩して惜しみ惜しみ食べた。

おき玖とおしんは、

「食べるのが勿体ない」

しばらく眺めていてやっと口に入れた。

三吉は、

「ウニとこいつとどっちが美味《うめ》えんだろ。おいら、ウニを食ったことがねえからわかんねえ」

感極まって目を白黒させた。

カツブシの握りの後は、ただのシャク握りであったが、これらも喜平の言う通り、たとえ雄であっても、旬のシャクナギは味がよかった。

「こっちは沢山あって、気楽に食えるな」

豪助は何やらほっとした顔になって、一つ、また一つと握りをほおばった。

喜平は変わらず安兵衛を見ていた。

安兵衛は淡々と、カツブシとただのシャク握りの両方を食べ終えていた。

しかし、

「美味かったかい？」

声を掛けた喜平の方を見ようとはしなかった。

「いい加減にしろ」

豪助は安兵衛に怒鳴った。

「ここまでみんなが苦労してるってえのに、あんたは何にも思い出さないってえのかい？　思い出せないのは、何か後ろ暗いことがあって、思い出したくないからじゃねえのか——。どうなんだ？　黙ってばかりいねえで、おい、何とか言ってみろ」

「豪助」

「酷《ひど》い言い方だ」

季蔵と喜平は止めようとしたが、豪助は安兵衛を見据えたまま、

「惚《とぼ》けてるのかもしんねえあんたに言っときたいことがある。あんたはなりたくて、物乞いになったんじゃあねえだろう。けど、みよしの近くの今戸橋下で物乞いになってた。それは確かなんだ。そして、俺と祝言《しゅうげん》を挙げるはずだったおれいは、姿形だけじゃなく、心も優しい女で、あんたが飢え死にしちゃあ、可哀想だからって、おやじに隠れてこっそり食べ物を運んでた。そのことは妹のおしんがよく知ってる」

「姉さんにはあんたが頼りない物乞いに見えたんだと思うわ。一緒に残り物を運んだことのあるあたしにもそう見えた」

おしんはじっと安兵衛を見つめた。

「そして、あんたは、これはどういうわけか、あんたにしかわかんねえことだが、おれいとおやじさんが殺された場所に居合わせた。言い逃れはできねえよ。襤褸に血が付いてたし、おれいの匂《にお》い袋も持ってたんだから。安兵衛さん、あんたは下手人の顔を見ているかもしんねえし、あんた自身が下手人かもしんねえんだよ。そこをはっきりさせるには、思い出してもらうしかねえのさ」

豪助は安兵衛を睨み据えた。

「もう、いいだろう」

季蔵はやや声を荒らげ、

「わかった、もう、いい、気が済んだ」

豪助は安兵衛から目を逸らしてうつむいて、

「安兵衛さんは金輪際、思い出しっこないんだし――」

唇を噛んだ。

「季蔵さん、シャクナギはまだ残ってるだろうか？」

見兼ねた喜平が言い出した。

「まあ、少しは――」

「それじゃ、シャクナギ飯を炊いてほしい」

シャクナギ飯は牛蒡《ごぼう》の笹《ささ》がきとシャクナギを入れて、薄めた煮詰めダレで炊き込む。家でもできる安上がりな飯物であった。

「出来ないことはありません」

「わしはまだ、どうしても、諦《あきら》めきれん」

喜平も口をへの字に曲げていた。

「当初はあんなに昔、親しくしていた安兵衛さんが、わしのことを忘れていたのが切なくてならず、思い出してほしかった。だが、今では、安兵衛さんが罪人呼ばわりされる方がよほど辛《つら》い。わしは何としても、安兵衛さんに身の潔白を立てさせたいんだよ。そうならないと、口惜《くや》しくて口惜しくて、きっと夜も眠れないだろう」

喜平の目に涙が滲《にじ》んだ。

「わかりました。シャクナギ飯に合わせて味噌汁も作ります」

シャクナギの味噌汁は、剝いた殻を煮出した汁に、味噌を加えるだけのものであった。

「三吉、米を研《と》いでくれ」

季蔵が指図したその時である。

「シャクナギ飯も好きだが、今はいい」

一瞬、そこにいた者たちはぎょっとして、大きく目を剝いた。

「悪かったね、喜平さん」

安兵衛の目はもう、宙を泳いではいなかった。まっすぐに喜平を見つめている。

「安兵衛さん――」

呆然《ぼうぜん》としている喜平の顔は、まだ驚いたままである。

「どうして、突然、そんなに正気に――」

小さく呟いた。

「何より好きなシャクナギを尽くしで堪能《たんのう》させてもらいました。本当に美味かったですよ。ありがとうございました」

安兵衛は季蔵に向かって深々と頭を下げた。

「こちらこそ、ありがたいお言葉です」

季蔵は微笑んだ。

しかし、豪助は、

――やっぱり、そうだったのか――

強《こわ》ばった表情になり、隣りに居たおしんがぶるぶる震えているとわかると、強くその手を握った。

――しっかりしろ、俺がついてる――

三

「それじゃ、皆さんに上がりを――。上がりは熱い番茶がいいわよね」

おき玖は番茶の用意を始め、

「事情をお話しいただけますね」

季蔵は安兵衛を促しかけると、

「それにしても酷《ひで》えよ、安兵衛さん、ずっと呆《ほう》けたふりをしてたなんて――」

喜平が恨み言を洩らした。

「何か魂胆でもあったのかい？」

豪助が鋭く訊《き》いた。

「俺が長い間、自分が誰かわからず、身近で起きていることもわからず終《じま》いだったことは本当です」

安兵衛はまずそう言った。

「どうして、そんな風になったのかい？」

故郷で大きな竜巻に襲われたものの、生き残ったからだとは見当はついていたが、豪助はわざと惚けた。

――今、ここで向こうに都合のいい話をこっちが投げることはねえ――

安兵衛は故郷の、田畑や家が突然の大きな竜巻で完膚《かんぷ》なきまでに荒らされたことを話した。

「あの時、俺は鎮守様の境内《けいだい》にいた。突然、辺りが薄暗くなって土埃《つちぼこり》が上がり、今までに耳にしたことのない風の音が聞こえてきた。恐ろしくなって鎮守様の床下に潜ったんだ。

でも、ますます土埃がひどくなって目も開けていられなくなった。雷も鳴っていたと思う。念仏を唱えながら、土台の石にしがみついていた。そのうち、何だか頭の上がすうすうするんで、目を開けてみると、空が見えた。びっくりしたが、すぐに、おっかさんのことが気になって、急いで家に戻ると、家は壊れ、柱の下敷きになって冷たくなっているおっかさんを見つけた。村の誰よりも長生きだったおっかさんは足腰が立たなかった。助けられず、畳の上で死なせてもやれず、常日頃から願っていた極楽浄土へ送ってやることができなかった、可哀想なことをしたとただただ自分が責められた。木が薙《な》ぎ倒され屋根が吹き飛ばされた跡に立っていると、辛さが増して、いっそ、自分も旋風《つむじかぜ》に掠《さら》われてしまえばよかったと思った。ここに居ては生きてはいけない。それで、前に働いていた江戸を思い出した。江戸へ行き着けば、何とか気を取りなおしてやり直せるかもしれないと思ったんだ。女房子どもを無くして、どん底だった隣りの家の若い奴を励まして、一緒に江戸へ向かった」

「苦労だったんだな――。けど、どうして、江戸に着いたらすぐ、わしのところへ来てくれなかったんだ？　水くさいじゃないか」

喜平の目も濡《ぬ》れている。

「路銀は持ち合わせていた僅《わず》かなもんだけだった。途中、山犬に怯える野宿が続いたが、ある朝、木の根元で目が覚めてみると、懐の路銀が消え、隣りの若い奴がいなくなっていた」

「そいつは盗《ぬす》っ人《と》になったんだな。何という酷い奴なんだ」

喜平は憤懣《ふんまん》やる方ない口調でその相手を罵《のの》った。

安兵衛はひっそりと微笑《わら》った。

「喜平さんのように怒ることができたら、俺も頑張れたかもしれない。だが、その時、俺はそいつを少しも恨まなかった。もう、自分が無用になったのだと悟った。思えば、竜巻の跡の田に立っていた時も、それと同じ気持ちになってた。俺はもういい年齢《とし》だ。俺と違って、先のある隣りの若い奴を何とかしてやりたい、その一心で江戸を目指していたんだとわかった。そうなると気力が一気に萎《な》えた。〝死んでもいい、死んでもいい〟、そう思いつつ、いつしか、何もわからなくなっていたのだろう」

――安兵衛さんは持ち前の男気の捌《は》け口を見失った時、生きる気力を無くしてしまったのだろう――

季蔵は安兵衛が長い間、呆けてしまった理由がわかるような気がした。

「それでもあんたは生きてきた。腹は空《す》いたし、雨露を凌《しの》ぐねぐらも欲しかった。物乞いになったことも忘れちまったというのかい？」

豪助は容赦なく突き進んで行く。

「物乞いを始めた時のことはうっすらと覚えている。腹が空いて空いてたまらず、人通りのある場所に座って頭《こうべ》を垂れていたところ、握り飯が目の前に降ってきた。土が着いていたんで、すぐには食べられず、しばらく、袖《そで》に入れていたが、腹の虫の鳴き声には逆らえず食べた。こうして、施《ほどこ》しが重なると、心に浮かぶのは食べ物だけになった。そして、何も考えなくなり、四六時中、食べ物にありつくことだけに夢中だった」

「今のような自分を取り戻したのは、いつのことです？」

季蔵は訊かずにはいられなかった。

「ずっと、頭ん中にシャクナギの青紫色が渦巻いててね。言葉には〝エ、ビ〟って出るんだが、ほんとは別のもんだとわかってる。だが、何だか、思い出せない。皆さんの声で、〝エビ、ナツ〟と思い出し、やっと、〝シャクナギ〟に行き着いた。そん時、はっと我に返って、自分の名が安兵衛だったと思い出した」

「それからはずっと呆けたふりだったんだな。人が悪いよ、安兵衛さん」

喜平は嘆き、

「呆けたふりをするには理由《わけ》があったはずだ」

豪助は詰め寄った。

「自分が安兵衛だとわかったが、いる場所がわからない。どうして、こんなところにいるのかも――。知った顔は喜平さんだけだったし、とにかく、用心したんだよ。しばらく、呆けたふりをして様子を見ることにした」

「それで、身丈の合うわしの結城を嫌ったのか」

「あんたの気持ちを無にしてすまなかった」

頭を垂れた安兵衛は声を詰まらせた。

「あたしの姉さんのおれいは？　みよしの看板娘おれいのことは？」

豪助に片手を預けたままおしんが訊いた。

「親切な娘さんが、年寄りの物乞いが飢えないようにって案じて、わざわざ飯を恵んでくれてたんだってな」

安兵衛は目を伏せた。

「覚えてない」

「恩知らず」

豪助は罵ったが、

「すまない、食べ物のほかは、何一つ覚えてないんだ」

安兵衛は詫《わ》びる目でおしんを見た。

「それじゃあ、どうして、あんたは、おれいとおやじさんが殺された場所に居たんだい？」

「どうしてだか――」

安兵衛は頭を抱えた。

この後、季蔵は煮詰めだれの甘辛味がぷんといい匂いで、食をそそるシャクナギ飯と、殻を煮出した味噌汁を拵えた。

「番茶でもう終いにしちまったはずなんだが――」

喜平が一度置いた箸を取り上げると、

「いらないなんて言ってましたが、実は俺はこれが一番好きで」

安兵衛も箸に手を伸ばし、

「ご飯と味噌汁は別腹だよ」

豪助も安兵衛に倣《なら》った。

――よかった。シャクナギ飯と味噌汁が、この場を和《なご》ませた感じ――

おき玖は、やっと豪助から手が離れたおしんと目と目で頷きあった。

「季蔵さん――」

別腹が膨れたところで、安兵衛は改まった。

「お願いがあります」

「おっしゃってください」

「俺がここに世話をかけていた話は、今さっき、喜平さんから聞きました。もう一度、ここに世話にならせてもらえませんか？　天麩羅を揚げる腕ならまだ落ちていないつもりです」

「藪《やぶ》から棒に何を言い出すんだい」

豪助はぴたりと安兵衛を見据えた。

――こいつ、やっぱり、みよしにいられねえ後ろ暗いことがあるんじゃねえのか――

「お願いだから、わしのところへ来ると言ってくれ。互いにつもる話もあるはずだ」

喜平は必死で説得にかかった。

しかし、安兵衛は首を横に振って、

「話じゃ、俺は覚えていないだけで、この娘さんの大事な姉さんやおとっつぁんを殺しちまったかもしれない身だ。そんな俺がこれ以上、娘さんの親切に甘えることなどできやしないよ」

「だったら、是非、うちへ――」

「一ぺんは、何も覚えていなくなってしまった俺だ。また、同じことになるかもしれない。あんたのこともわからなくなって、何をしでかすか――。俺はあんたを傷つけたくない」

「あんたがわしを襲ったりするわけない」

頑として喜平は言い張ったが、

「今の自分はそうでも、覚えていない時の俺はわからない」

安兵衛は平静な声で続けた。

――わかる――

季蔵には安兵衛の気持ちが痛いほどよく察しられた。

「わたしのところは棟割《むねわ》り長屋の手狭なところですし、ここでは手伝いもしてもらいます。それでよろしければお願いします」

「有り難い」

立ち上がった安兵衛は何度も何度も、季蔵に頭を下げた。

――すっかり、いいようにされちまってて、兄貴、大丈夫なのかよ――

豪助はまだ案じている。

四

昔取った杵柄《きねづか》とはよく言ったもので、安兵衛は襷《たすき》がけがよく似合った。

「わたしみたいな年寄りは目障りでしょうから――」

揚げ物のほかに皿洗いや掃除も手早く、丹念にこなすので、

「いい加減、働くのはほどほどにしてくれよ。おいらの出番がなくなっちまう」

三吉に懇願されると、

「下働きは年寄りで充分、先の長いおまえさんは、肝心な包丁遣いなんぞに精をお出しよ」

やんわりと受け流した。

「そんなこと言われると、おいら緊張しちまうよ」

言葉とはうらはらに三吉はうれしそうであった。

季蔵は使いだけはこの安兵衛に頼まなかった。

――見ている者がいるかもしれない――

何日か過ぎたある夜、季蔵がふと目を覚ますと、安兵衛が起きて立っていた。このところ、安兵衛は夢でうなされていることが多い。朝起きた時にはいつもの笑顔で、悪夢のことなど、覚えていない様子なので、季蔵は訊かず終いになっていた。

――こんな夜中にどうしたのだろう――

後ろ姿に人を寄せ付けない並々ならぬ決意が見える。季蔵が声をかけることができずに、見守っていると、土間に下りて下駄を履いた安兵衛は油障子をそっと開けて、外へと出て行った。

季蔵も急いで後を追った。幸いにも満月の明るい月夜である。八間《けん》（約十四、五メートル）ほど離れて、気づかれないように後を尾行《つ》けていく。

——これはもしかして——

安兵衛が下手人の一味ではないかと言った豪助の言葉が、季蔵の脳裡《のうり》に閃《ひらめ》いた。

——仲間に会いに行くのだろうか？——

下手人は小町娘ばかりねらって、巻き添えに身内まで殺している。

——だとすると、また、酷い殺しをしようというのか——

昼間、温和な好々爺《こうこうや》の顔で働いている安兵衛が、残虐な鬼に変貌《へんぼう》してしまうとはとても信じられない。

——それに安兵衛さんはもう年齢《とし》だ——

綺麗な娘相手に我を失うとは到底思えなかった。

——ただし、物乞いをしていた時のことを安兵衛さんは覚えていない。この間に他人《ひと》様のものに手をかけて、それをネタに脅されていたとしたら、安兵衛さんが悪い奴に手を貸していたとしても不思議はない——

季蔵の胸に失望の混じった不安が押し寄せてきている。

安兵衛の足はみよしへと向かっている。近くには菰《こも》を被《かぶ》って寝ていた今戸橋もある。

——今度は物乞いをしていた時の自分のことしか、わからなくなったのだろうか——

季蔵は別の不安を抱いた。

安兵衛はみよしを通り過ぎると、今戸橋とは反対の方向へ歩きはじめた。足を止めたのは、赤いよだれかけを首から掛けた小さな石地蔵の前であった。ふと、安兵衛が振り返ったので、あわてて、季蔵は近くの物陰に隠れた。

安兵衛は地蔵に供えられているアジサイやツユクサを取り去ると、その場所を両手で掘り始めた。夜の静寂の中で、必死で掘り続ける息遣いが季蔵にまで聞こえてくる。

とうとう、安兵衛は掘り当てた短刀を手にした。

「やはりな」

ぽつりと呟いた安兵衛は突然、その短刀を自分の心《しん》の臓に向けて構えた。

「安兵衛さん」

季蔵は駆け寄って、短刀の柄《つか》を摑んだ。

「早まってはいけない」

「いいや」

安兵衛は短刀を摑む手を緩めない。二人は揉《も》み合っている。

「償いなんだ。俺にはこれしかできない」

「駄目です」

季蔵は思いきって、安兵衛の利き腕を捻《ひね》り上げた。短刀が落ちて、

「俺は償いもさせてもらえないのか」

力の抜けた安兵衛は、身体をぐらぐらさせながらやっと立っている。

「安兵衛さん」

季蔵がその肩に手をかけると、やおら、安兵衛は季蔵の胸を拳で叩いた。

「恩人の娘を手にかけてしまった、人殺しの老いぼれでも、あんたは生きてろってえのか」

安兵衛は顔中涙で濡らしている。

「それとも、お裁きの後、首を打たれるのが常とうだっていうのか――」

「違います」

なぜか、この時の季蔵はそう言い切れた。

季蔵は短刀を拾って、月の光にかざしてみた。

「たしかに薄《うす》ら血は付いていますが、あなたはこれを見つけただけかもしれないからです。これを思い出したのはいつですか？」

「〝シャクナギ〟で自分の名を思い出した時だった。腹が空いて、いつもの礼を言いに、みよしに行ったんだ。店先で声をかけたが、応えがない。そこで、中に入った。そこまでは覚えているんだが――」

安兵衛は、そう言うと目を伏せた。

「気がつくと、匂い袋と短刀を握りしめて、橋の下のねぐらにいた。怖くなったので、短刀はこの地蔵のところに埋めたんだと思う。なぜか、匂い袋は捨てられなかった」

「それで、自分が二人を殺して短刀を隠したと思い込んだのですね」

「ほかに誰が殺《や》ったっていうんだ」

安兵衛は悲痛な声を出した。

「それにしても、いい仕上がりの短刀ですね。名のある刀工の作ではありませんか」

「そんな――」

季蔵は茎《なかご》を改めた。

「〝鋭平《えいへい》〟とあります。ご存じですか？」

「いや」

安兵衛は首を横に振って、

「ただし、俺の覚えはこれだから――」

固めた拳で思いきり自分の頭を叩いた。

「あなたが江戸から下総《しもうさ》の山崎村へ越したのは、五年前に間違いありませんね」

安兵衛は黙って頷いた。

「〝鋭平〟は、三年ほど前にこの江戸にやってきた刀鍛冶《かじ》です。あなたがこれをもとめたのだとしたら、三年の間に江戸と下総を行き来していたことになります」

「それはない。俺は足腰の立たないおっかさんが案じられて、帰ったが最後、故郷《くに》を離れたことはないんだ」

「だとしたら、この短刀はあなたとは無縁です。あなたは犯してもいない罪を、犯したと信じ込んでしまっているだけです」

「本当だろうか？」

安兵衛は念を押した。

「間違いありません」

安兵衛はほっと息をついた。

「だが、やはり、申し訳なさは残る。どうして、恩人の娘さんとそのおとっつぁんを助けられなかったのか。正気でさえいたら、何とかしてやれたかもしれないのに――」

頭を抱えた安兵衛だったが、

「この通りだ」

突然、季蔵の前に跪《ひざまず》いた。

「俺はもういくばくもねえ年寄りだ。だから、何とかして恩人父娘の仇を取る。そうでもしなきゃ、あの世へ行った時、合わす顔がない。お願いだ、季蔵さん、手伝ってくれ」

「お気持ちはわかりますが、わたしたち町人に仇討ちは難しいので――」

季蔵は曖昧《あいまい》に応えた。

「どこのどいつかの見当をつけて、お上にお縄にしてもらうのならいいはずだ。やってほしい手伝いっていうのはそれだよ」

「それなら、何とか――」

――仇討ちがこの人の生き甲斐《がい》になったのはいいが、相手は森田藩の中間《ちゅうげん》部屋を仕切る、口入屋弥平次《やへいじ》と関わりのある者だ。豪助やおしんさん同様、これでまた、身の危険を案じなければならない相手が一人増えた――

季蔵はやれやれと思いつつ、

「帰りましょう。今時分とはいえ、夜露がかかっては身体に毒です」

促して帰路に就こうとすると、

「なあに、菰を被って寝る物乞いで生き延びてきたんだ。夜露なんぞ、屁《へ》の河童《かっぱ》。雨でも嵐でもたとえ大水でも、何でも来い。仇を討つまでは達者でいる」

安兵衛は大声で叫ぶように言って、先を歩き出した。

翌日、血の付いた短刀を手にして〝鋭平〟を訪ねた季蔵は、話を聞き終わると、すぐに南茅場町《みなみかやばちょう》のお涼《りょう》の家まで文を届けた。

――これは一刻も早く、お奉行にお伝えしなければならない――

季蔵は五ツ半（午後九時）頃、安兵衛に店の暖簾《のれん》を仕舞うよう言い付けて塩梅屋を出た。

お涼の家には、季蔵の許嫁《いいなずけ》だった瑠璃《るり》が病床に伏している。

そのせいで、南茅場町へ向かう時、たとえ、それが、隠れ者の仕事に関わることで、瑠璃に会うのが目的とは言えない折でも、季蔵の心はやや甘く、そして多分に切なく波立った。

塩梅屋の料理人として過ごしてきた歳月が消えて、主家の嫡男に横恋慕されて瑠璃を奪われた屈辱と悲しみが、つい、昨日のことのように思い出される。

季蔵にとって瑠璃は、無残に手折《たお》られても、変わらず美しく、なおさら愛《いと》しい花であった。

五

「よく眠っておいでですよ」

出迎えたお涼に促されて、季蔵は階段を上った。

塩梅屋を切り盛りしつつ、隠れ者の役目を続けている季蔵は、こうして、夢路を辿《たど》っている時の瑠璃に会うことの方が多かった。

瑠璃は蓮《はす》の花の絵柄の夜着《よぎ》に包まれて眠っていた。その顔は無邪気に微笑んでいる。

――わたしは瑠璃の微笑みがいつも見たかった――

瑠璃を喜ばせたくて、春は摘み菜、夏は花火、秋になると紅葉《もみじ》狩りと、四季折々に市中に連れ出したことが、昨日の出来事のように思い出される。

――そんな時の瑠璃はいつも、このように微笑んでくれた。きっと瑠璃もあの頃のことを思い出していてくれているのだろう――

微笑みと思い出に支えられて、季蔵は心が満たされるのを感じた。

――瑠璃のおかげでわたしも頑張れる――

しばらく、季蔵は瑠璃の寝顔に見入っていた。

立ち寄った烏谷と膝を詰めたのは、それから半刻（約一時間）ほど過ぎた四ツ（午後十時頃）であった。

「急な用と聞いている」

お涼に酒の支度をさせると、烏谷は早速、季蔵を問い糾《ただ》した。

「小町娘やその身内を殺害した者の名がわかりました」

季蔵は切り出した。

「ほう――」

烏谷は盃を一舐めした。

「それはまた、仕事が早い。さすがそちだ」

「恐れ入ります」

言葉とは裏腹に季蔵は強い目で烏谷を見据えた。

「どうやら、わしにいいにくいことと見た。違うか？」

「わたしはお奉行のなさり様を信じております」

「それは有り難い」

烏谷も睨み返して、

「で、やはり、下手人は弥平次と関わりのある者なのか？」

さらりと言って促した。

「平子屋の番頭源次《げんじ》です」

「そうと言い切れる証を話せ」

「お耳に入れていた物乞いは安兵衛と申す者でした」

季蔵は市中で天婦羅屋の屋台を引いていた安兵衛が、物乞いになった経緯を話した。

「ひょんなことから、自分の名や昔を思い出した安兵衛は、下手人がみよしに落としていった短刀を地蔵の下にかくしていたのです。短刀には〝鋭平〟の二文字がありました。安兵衛は故郷の下総に帰った後、五年もの間、一度も江戸に戻っていません。まして、物乞いの分際で〝鋭平〟に短刀を頼むこともできますまい」

「それで疑いは晴れぬぞ。安兵衛はどこぞでその短刀を拾って、使ったのかもしれぬ」

「わたしは血の付いた短刀を手にして、〝鋭平〟へ訊きにまいりました。主の鋭平は、たしかにこれは二年前、自分の作ったものだと認め、平子屋の番頭源次に頼まれた品だと明かしてくれたのです」

「鋭平は刀鍛冶ゆえ、短刀も多数、頼まれて作ることと思う。なにゆえ、平子屋の源次のものとわかったのだ？」

烏谷は不審げに首をかしげた。

「主にとって、仕上げる刀や短刀は我が子同然だとのことで、〝鋭平〟の二文字とは別に、見えるか見えないかの数字を入れているのだそうです。目を凝らすと茎《なかご》に小さく弐拾参とありました。主は客の名と短刀の数字を帳面に控えていたのです」

「となると、十中八九、下手人は源次だと決めつけてよかろう」

そう言ったものの、烏谷は大きなため息をついた。

「これだけでは、源次に縄を掛けることはできないと仰《おお》せなのでしょう？」

意外にも季蔵の顔に怒りはなかった。

「平子屋でなければ充分な証だが――」

烏谷は苦渋に満ちた表情で、片手をこめかみに当てた。

「弥平次の下で森田藩の中間部屋を仕切っているのが源次だ」

「それではいつものようにわたしにお命じください」

季蔵は膝に置いた手を拳に握った。

「しかし、それもそう簡単にはいかない」

「まさか、裏金作りに一役買っているのだから、源次が何をしてもいいとお思いなのでは
――」

知らずと季蔵の口が歪《ゆが》んだ。

「そんなことは申しておらぬぞ」

烏谷は叩きつけるように言った。

「では、どうなさるおつもりです？」

「源次はもう、足かけ三年も弥平次に雇われ、中間部屋の仕事をしてきた。秘したまま、

決して語ってはならぬ仕事だ。この間、源次は時折、市中で狼藉《ろうぜき》を働いたが、いつも上からのお達しで大目に見てきた。このような仕事をそつなくこなす者は、そうは簡単に見つからない。わしに裏の顔があり、そちのような者たちを市中に放《はな》っていることを、老中に通じる裏金作りの連中たちは知っている。突然、源次に何かあれば、わしは知らぬ、存ぜぬでは通らず、必ず疑われる。わしはこれこれゆえ、奉行としての責務上、闇に乗じて成敗せざるを得なかったと説明せねばならぬのだ。それには、源次の短刀だけでは足りない。たとえ血が付いていて、みよしにあったのだと言っても、物乞いは拾っただけではなく、使ったに違いないと言い返されてしまう。下手人はやはりその物乞い、安兵衛だったのに、無実の源次を私刑にしたと誹《そし》られる」

「お奉行はお仲間の信任を失うのを恐れておられる。そのために悪を野放しになさるのですね」

季蔵の口調は冷ややかであった。

「前にも申したが、この裏金作りはお上を支えてきた。我らは秘密を守ってきたつもりだったが、秘密というのはいずれ、どこからか洩れるものだ。隠し通すことなどできはしない。今や、市中は言うに及ばず、奉行所、老中たちの中でも、これを洩れ聞いて、森田藩の中間部屋に関われば、旨味があると信じる者たちが跡を絶たない。そうなると、あれこれ、根も葉もないことを各々に伝えて、仲違《なかたが》いさせようとする輩《やから》まで出てくる。いいか、これだけは申しておく。わしたちは、これまで、弥平次ごときは懐柔はしたが、自分たちの手をその金で汚したことは、神かけて一度も無い」

　烏谷のその声は凛《りん》とした気品に溢れていた。

「お奉行が案じておられるのは、旨味だけをもとめて、中間部屋に関わろう、ひいては、仕切りの側にいるお奉行を追い落とそうとしている者のことですね。どなたがいったい――」

「今はまだ言えぬ。だが、決してその者にだけは、中間部屋を触らせてはならぬのだ。もし、そうなったら、我らが御定法に背いた意味がなくなり、この世の闇は深くなる」

「わかりました。では、今はこれ以上、お訊《たず》ねはいたしません」

「いずれ話す時も来よう」

「源次の咎《とが》、さらなる証となると、本人の罪を認めた書状でしょうか」

　季蔵は烏谷の意に添うしかないと覚悟した。

「爪印《つめいん》があるともなれば確かだが、はて、そんなものがあの源次から取れるかの――」

　烏谷は両腕を組んだ。

「あの源次とおっしゃいましたね。見知っておられる？」

「見知りたくなどないが、中間部屋を任せて金を数えさせている以上、いたしかたなく顔を見ることもある。風体《ふうてい》はキツネのカミソリのようだ」

「キツネノカミソリ？」

「野に咲くキツネノカミソリは黄色い可憐《かれん》な花だが、源次はカミソリの刃が、狡賢《ずるがしこ》くて残忍な性悪キツネそっくりな形に調っている。身体全体で人という人を傷つけて、自分はのうのうと生きる、一見してそんな感じだ。着物は道楽をするが、髪はかまわない。すれちがうだけなら、もじゃもじゃ頭の瘦《や》せて貧相な中年者が、極上の大島を着ているのが妙だ、質屋の主の一世一代の吉原通いかと、首をかしげる者もいることだろう」

「家族は？」

「いるわけがなかろう。若い頃、何をしていたかわからない、御定法の網の目を潜《くぐ》って生きてきた冷血漢だ。中間部屋の仕切りが続いたのは、とにかく実入りがいいのと、弥平次に見込まれた時、すでに、それほどはもう若くなかったからだ。だが、我らの目を掠《かす》めてそこまでの悪事を働いていたとは——。源次からも、あいつを知る者からも、女好きだとは聞いていない。おそらく、綺麗な花を酷く手折る悪癖が身についているものと思われる。こういう悪癖は女好きとは別物で、質《たち》の悪い病のようなものだ」

烏谷は口惜しそうに唇を嚙んだ。

「その悪癖について、自慢する文を書かせられれば、成敗をお許し願えましょうか？」

この手の男が自分の悪癖に罪悪感をおぼえず、むしろ手柄や誇りに思っていて、時には他人に話したり、日記に書いたりすることを、元主の嫡男鷲尾《わしお》影守《かげもり》の例で季蔵は知っていた。

「できるのか？」

「やってみます」

「頼むぞ」

烏谷は大きな目を瞠った。

六

季蔵はまだ立ち上がらなかった。

「ついてはお願いがございます」

「申してみよ」

「源次と遭わなければなりません」

「そうであったな。それなら任せておけ」

烏谷は大きな胸を叩いて、

「料理人として遭うのだ」

にんまりと笑った。

「と申されますと」

「博打《ばくち》は夜中続く。このような場所に出向く金持ちたちは、誰も食い意地が張っている。勝負と同じくらい夜食を楽しみにしておるのだ」

「名だたる店から料理を運ばせているのですね」

「秘さねばならぬ事情ゆえ、料理は平子屋の厨に、料理人が出向いて作ることになっている。そこから森田藩下屋敷へ運んでいると聞いた。取り仕切っているのは、源次と勘定方の立花彦四郎《たちばなひこしろう》だ」

「立花彦四郎様とは？」

「森田藩藩主池田能登守保忠《いけだのとのかみやすただ》殿の中小姓から江戸詰になった者だという。まだ会ったことはない」

「中間部屋の料理をわたしにお任せくださるとおっしゃるのですね。わたしごときが割り込んだりしてよろしいのでしょうか」

　季蔵は念を押した。

「大丈夫だ。中間部屋の客である金持ちたちは、通り一遍の高級料理に飽きている上に、箸を使うと勝負に集中できない、時節柄生ものは嫌だなどと申して、料理を残すので、このところ、出入りの店の料理人たちは頭を悩めていたところだ。源次に蛇のような陰険さで、うるさく小言をいわれずに済むと、ほっと胸を撫《な》で下ろすかもしれぬ」

「それでは是非、わたしを平子屋の厨に」

「わかった。三日後の昼過ぎに、平子屋の者を塩梅屋まで迎えに行くよう申し付ける」

「よろしくお願いいたします」

　こうして季蔵は平子屋で仕出し料理を作ることとなった。

　――はて、どのような夜食がよいものか。豪華で味の良い料理は、とっくに極めておられる方々となると――

　森田藩の中間部屋に集まる客たちは途方もない金持ちである。

翌日、早速季蔵は青物市の立つ神田須田町界隈《かいわい》を歩いて廻《まわ》った。

――この時季はやはり、青物が一番だ――

目についた青物から、面白い料理を考え出そうというのである。

――そうだ――

ふと思いついて牛蒡と蓮根《れんこん》をもとめた。どちらも今はまだ珍しく、早掘りとあって値段は安くない。

――よし――

牛蒡を使っての今時分の料理が頭に浮かんで、気負い立っていた季蔵の頬《ほお》が緩んだ。

店へ戻ると、

「季蔵さん、お客様」

おき玖が迎えて、

「平子屋さんのお使いの人だというんだけど、お侍さんよ。でも口入屋さんのお使いだから形だけかも」

小声で耳打ちした。

床几に座っていた客は立花彦四郎と名乗った。それほど長身ではなかったが痩せて首が長く、三十路《みそじ》前と思われるのに目尻と額の苦労皺が目立った。

「よろしく頼む」

彦四郎は頭を下げる代わりに何度も目尻に皺を刻んで、愛想笑いを繰り返した。

「料理が源次の気に入らぬとわたしのしくじりとされるゆえ——」

「そうなんだそうよ」

　おき玖が同情のまなざしを彦四郎に向けた。

　——何だ、秘さなければならない大事な話を洩らしていたのか。何といううっかり者——

　季蔵は彦四郎が身分違いの源次にどやされるのも、致し方のないことのように思えた。

「何でも、蔵前の札差《ふださし》大西屋さん、両国の唐物《からもの》屋中村屋さん、日本橋太物《ふともの》問屋滑川屋《なめかわや》さんと、たいそうなお大尽の上、江戸でも食通中の食通の方々が召し上がるんだと聞きましたよ」

「しっ、内緒だと言ったろう」

　さすがに青ざめた彦四郎は慌てて、咎めたが、

「だって、立花様はそれを季蔵さんにおっしゃりにいらしたんでしょう？」

　おき玖は笑い顔である。

「そうそうたる顔ぶれの皆さんを、口入屋の平子屋さんがご招待なさる、何も隠すようなことじゃないわ。うちに料理を任せていただくのは光栄なことだし——そんな話、降って湧くわけないから、これは絶対お奉行様のおはからいね」

　おき玖はねえとばかりに季蔵を見た。

　——なるほど、この手の愚か者のせいで、森田藩の中間部屋の秘密が市中にばらまかれ

るのだな——

　もはや、あるところまでは隠し通せないと覚悟した季蔵は、

「箸を使わずに食べられる、趣向を凝らした料理をと頼まれたのです」

　とおき玖に答え、彦四郎を鋭く睨んだ。

　——どうか、これ以上は何もおっしゃるな——

「それではわたしはこれで失礼いたす」

　立花彦四郎は背中を丸めて、すごすごと塩梅屋を出て行った。

「思いついたのはどんな料理？」

　おき玖は興味津々で季蔵が手にしている根菜を見つめた。

「どうやら、旬の料理というわけじゃなさそう——」

　季蔵は米と水を加減にして、鮨飯《すしめし》に用いるように炊いた。

「お鮨。お大尽相手に握り飯ってわけにはいかないものね。でも、それだけ？」

　季蔵はまず牛蒡を小指ほどの長さの薄切りにした。それを梅風味の煎り酒と砂糖で煮上げていく。ここまではただの牛蒡煮にすぎない。だが、握った鮨飯の上にひらりひらりと載せると、

「何に見えますか？」

　季蔵は恐る恐る聞いた。

「そうねえ」

──牛蒡の梅風味甘辛煮は美味しそうだけど、握りに合うものかしら？──

「摘んでみてください」

口に運んだおき玖は、

「あらあ」

驚きの声を上げた。

「酢飯と甘辛って合うのね。そういや、握りのシャクナギにも、甘辛い煮詰めだれをかけるわね。もしかして、これ──」

おき玖は残っている鮨の皿を見つめて、

「シャクナギもどき？」

首をかしげた。

「早掘りの牛蒡をシャクナギに見せた鮨です」

季蔵は苦笑して、

「どうやら、そうは見えないようですね」

あわてたおき玖は、

「そう言われてみれば、シャクナギの握りに見えなくもない」

もう一つ摘んで口に入れて、

「少なくとも味は似てるわ」

うん、うんと頷いて見せた。

そこへ、裏庭で剝いた白ウリを干していた安兵衛が勝手口から入ってきた。

「ほう、見立てシャクナギ鮨ですね」

「ごめんください」

戸口からおしんの声もした。

——悪い時に揃《そろ》った——

季蔵は、はっとしたが、

「そうです。見立て鮨です。お二人もどうぞ」

にこやかに勧めた。

「これは面白いね」

「ほんとに」

二人に冷茶を振る舞ったおき玖は、

「実はね——」

季蔵が見立て鮨を作ることになった経緯を話して聞かせた。

「何しろ、蔵前の札差大西屋さん、両国の唐物屋中村屋さん、日本橋太物問屋滑川屋さんという、たいそう食にうるさい方々が召し上がる上に、箸を使わないものにしてくれなんていう、厳しい注文まであるんですもの、大変よ」

——いかん。またしても——

季蔵は、はらはらし続けていたが顔に出すことはできなかった。

おき玖は何も知らずに無邪気に振る舞い、心底から、季蔵が注文に見合った料理を、果たして、作ることができるのかと案じているにすぎない。

「見立て鮨に牛蒡のシャクナギもいいが、握りとなると、これ一つじゃ、ちょいと寂しい」

「もう一つは牛蒡と同じ早掘りの蓮根で、何かと思っているのですが──」

そうは応えたものの、何に見立てるかまでは思いついていなかった。

「どうかね。蓮根を使っての牡蠣《かき》というのは？」

安兵衛の目が楽しそうに笑っている。

「蓮根で時季外れの牡蠣ですか？」

季蔵は想いもつかなかった。

七

「ちょいと、手を出させてもらうよ」

安兵衛は蓮根で牡蠣を作り始めた。

すりおろした蓮根を、昆布風味の煎り酒であっさりと調味し、季蔵が買い置いていたアオサを、戻さずにぱらぱらと手でほぐして加える。これを匙《さじ》を使い、高温の油に落とし入れて揚げるのだったが、

「あら、不思議」

おき玖とおしんは同時に声を上げた。

匙で落としただけの蓮根が牡蠣の形に固まっていく。

「よほどの技よね」

頷き合った二人に、

「こいつに技なんてありゃしない。やってみるかい」

安兵衛に促されて、おき玖とおしんは交代で匙を使った。変わらず、油の中で揚げ牡蠣が出来上がる。

「油に落とす量は同じにして、大きさだけは揃えた方が、見栄《みば》えがいいかもしれない」

黄金色に上がった牡蠣もどきを安兵衛は、紙を敷いた皿の上で油切りして冷ますと、

「アツアツを食うのは酒の肴《さかな》にはいいが、握りとなると舌が火傷《やけど》しちまうだろう。だから、人肌ぐれえになってから、こうやって――」

握った鮨飯の上に載せていった。

まず、自分でぱくり、ぱくりと二つほど口に押し込んで、

「美味い――」

顔をほころばせると、

「ぼんやりしてないで、食ってみてくれ」

季蔵たちに勧めた。

揚げ牡蠣鮨は牡蠣に似た磯の香りがした。

季蔵は、

「贅沢《ぜいたく》させてもらいました」

知らずと安兵衛に頭を下げていた。

おしんは口に入れるなり、すぐ揚げ牡蠣鮨の皿に手が伸びて、

「あら、嫌だ。あたしったら」

頬を染めた。

「アオサが決め手ね」

おき玖は言い当てた。

「そうなんだ。アオサをたっぷり利かせねえと、形だけでは牡蠣の味は出ねえんだよ」

「牛蒡のシャクナギと、蓮根の揚げ牡蠣、見立て鮨が二種類。もう一種くらい、おもてなしには見立て鮨がほしいところね」

おき玖は思案顔である。

「あの――」

おしんがおずおずと口を開きかけて躊躇《ためら》うと、

「何かいい案があったら、教えてちょうだいな」

おき玖は優しく促した。

「大西屋さん、中村屋さん、滑川屋さんは、漬物がお好きです。丸清《まるせい》まで使いをよこすだけではなく、自らおいでになって、あれこれ買っていかれました。あたしが漬物を出すよ

うになったことを、お報《しら》せしてからは、みよしにもおいでになってます。皆さん、茄子《なす》の昆布じめが何よりの好物なんです。ですから、あと一つはこれを載せた握りでもいいかと——」

「漬物と酢飯が合うかしら——」

おき玖は首をかしげたが、

「古漬けのような酸っぱさがあると、酢飯と喧嘩しかねませんが漬物と言っても、茄子の昆布じめは、茄子の薄切りに塩を振って昆布でしめたものです。相性は悪くないと思います」

応えた季蔵だったが、

——おしんさんが、大西屋さん、中村屋さん、滑川屋さんを見知っていたとは——。功なり名を遂げた人たちの多くは、さんざん美食を極めた挙げ句、漬物しか食べられなかった若い頃を懐かしんで、最後は美味い漬物に戻るという話を聞いたことがある。おしんさんは中間部屋通いをしている人たちを、この人たち以外にも知っているかもしれない——

何とも厄介な人間模様になったと心の中で嘆じた。

「おしんさんの茄子の昆布じめは天下一品だ」

安兵衛はおしんの腕前を褒めた。

「覚えててくれたんですね」

目を輝かせたおしんに、

「何が何だか、わからなかった時期もあったが、美味いものは忘れやしないよ。あんたのとこじゃ、三度三度、茄子の昆布じめが出たが、飽きなかった。ありゃあ、シャクナギと同じくれえ美味いもんだ。たいしたもんだよ」

安兵衛はにっこり笑って、

「お客さんには、牛蒡のシャクナギと蓮根の揚げ牡蠣の見立て鮨で、面白がってもらって、最後に茄子の昆布じめでしめる。いいと思うね。どうかね」

季蔵の言葉を待った。

季蔵は大きく頷き、

「うちの茄子の昆布じめ、今から帰って取ってきますから、どうか、酢飯に載せてみてください」

おしんはみよしへ飛んで帰った。

おしんが持ち帰ってきた、茄子の昆布じめの載った鮨を味わったおき玖は、

「ああ、いい気持ち。さらさらと身体の中を清水が流れてくみたいだわ。身体が清流になったみたいな、とにかく、若返った気分――」

しみじみと洩らして、

「茄子の昆布じめ鮨を入れるとなると、もう、見立て鮨とはいえないわ。だから、変わり鮨。これも悪くないわよね」

と呟いた。

その翌々日、季蔵は迎えに来た立花彦四郎と共に、木挽《こびき》町の平子屋へと向かった。

途中、

「なぜ、秘さねばならぬ事情をお話しになるのです？」

訊いてみたくなった。

「それを言うのならば、森田藩の勘定方であるそれがしが、平子屋に出入りしているのも、その方《ほう》を迎えに出向くのも道理外れということになろうが――」

「つまり、すべては公然の秘密だとおっしゃるのですか？」

――虚《うつ》けが癖なのではなく、わかってやっていたのか――

これは油断がならないと季蔵は内心身構えた。

「これは例えればお上の裸姿と同じだ。たとえ、裸で歩いていたとしても、誰も裸だと口に出さず、指差さねば、本人は自分が裸姿だとは思わない」

彦四郎は嘲《あざけ》るようにうっすらと笑った。

――ずいぶん、思い切った例えをするものだ――

季蔵はふと、彦四郎は森田藩士でありながら、藩にも中間部屋にも批判的なのではないかという気がした。

「忠義というものもな、あまり身の不遇が続くと薄れるものだ。中間部屋と平子屋で、源次ごときに顎《あご》で使われるようになってからというもの、それがしは武士でなくなったようでたまらん」

彦四郎の愚痴であった。

返す言葉を見つけかねていると、

「そちも元は士分であろう。言葉つき、物腰でわかる。どんな子細あってのことか知らぬが、それがしよりは、ましだったと今にわかる」

やはり、また、薄く嘲笑《あざわら》った。

彦四郎に伴われて、平子屋の裏口から入った季蔵は、離れで待っていた下田十之介《しもだじゅうのすけ》への挨拶《あいさつ》を強《し》いられた。

「江戸におられる御家老様の御嫡男ゆえ、どうか、ご無礼なきよう――」

彦四郎は足音を立てぬように先を歩いて行く。

驚いたことに床《とこ》の間《ま》の掛け軸を背に、下田十之介と源次が隣り合って座っていた。

――これは何という――

彦四郎と下座に控え、苦い思いの季蔵はその背を見て座った。

「それでは話ができぬな」

十之介がやや高い声を上げた。

大柄で色白、まあ、端整と言っていい顔立ちではあったが、美食が過ぎるのか、三十路前だというのに、全身の肉が緩んでいるのが見て取れた。

「聞こえぬか」

　十之介は叱りつけて彦四郎を睨んだ。

　彦四郎は無言で季蔵の後ろへと下がった。

　――下田様と立花様は共に能登守様の中小姓を務めていて、長きにわたる友愛の情もひとしおのはず。その一方が一方を、料理人の下へくだらせるとは――いかんせん、侮蔑《ぶべつ》がすぎる――

「料理は変わり鮨と聞いている」

　十之介は続けた。

「はい」

「厨にて作れ。出来上がり次第、わしとこの源次が味見をする。我らが舌に合わぬ場合は、たちどころに持ち帰れ。ぐずぐず申さば斬《き》り捨てる。よいな」

　十之介は刀掛けの方を見た。

　――ようは、舌に合う、合わぬと関わりなく、出張にかかる賃代は払わぬと釘を刺しているのだろう。なるほど、これでは、たしかにお奉行の言う通り、料理屋の主たちは皆、呼ばれるのは有り難迷惑にちがいない――

「ところで、ここのご主人の弥平次様へのご挨拶はよろしいのでしょうか？」

　思わず季蔵は挑発したくなった。

「馬鹿者」

十之介が真っ赤な顔になり、彦四郎が震えているのがわかった。

「詮索《せんさく》は無用だ、身の程知らずが――」

いきり立った十之介は隣りを見た。源次に対して、乞うような、へりくだったまなざしである。

源次は、ここまで一言も言葉を発していなかった。

――だが、充分、見せつけていた――

源次は十之介を真似て胡座《あぐら》をかいていただけではなく、組んだ両腕から片手を伸ばして、鼻毛を抜きつつ、ごほん、ごほんとわざとらしい咳払いを続けていたのである。

――まるで、キツネの殿様のようだ――

「立花様」

源次の呼ぶ声はぞっとするほど低かった。

「何用でしょうか」

立ち上がって近寄った彦四郎に、

「変わり鮨を是非に」

源次は抜いた鼻毛を掌に置くと、彦四郎の顔めがけてふっと吹きつけた。

八

「それでは早速」

季蔵は厨へと下がった。

竈《かまど》に火を熾し、水加減した飯を炊き始めた。彦四郎は酒の燗《かん》をつけている。

「ほう、早々と酒ですか」

「今にわかります」

彦四郎は言葉少なく応えた。

しばらくして、勝手口が開き、三人ばかりの芸妓《げいこ》が立った。昼間だというのに、濃い脂《し》粉《ふん》の匂いを撒《ま》き散らしている。

「お殿様方のご機嫌はいかがですか」

姉さん格と思われる、三味線《しゃみせん》を手にした年増が怯えた目を彦四郎に向けた。

「いつもと変わらぬ」

彦四郎は相手の方を見なかった。

「今日の二人はまだ、お座敷に出て間もないんですよ。あまり無体なことは、なさらないでいただきたいんですけど」

年増は泣くような声を発した。

「下田様方のご気分次第だ。それがしに頼んだとて無駄であろう。それはおまえも身に染みて知っているはずだ」

彦四郎はうつむいたままで低い声を出した。

「すみません。とんだ愚痴をお聞かせしちゃって」

年増はしゃんと背筋を伸ばして、

「いいね。あんたたち、殿方のご機嫌を伺うのがあたしたちの仕事なんだから、どんなことがあっても弱音は吐くんじゃないよ。わかったね」

不安げな青い顔を見合わせている二人の若い芸妓を促すと彦四郎に軽く会釈して、離れに向かった。

「遅いぞ。酒はまだか？」

催促に来たのは源次ではなく、何と十之介であった。

――二人の力関係は身分を越えて、完全に逆転している――

「只今《ただいま》、お持ちいたします」

彦四郎は燗をつけた酒を離れへと運んだ。行ったり来たりを繰り返す。

当初、奏でられていた三味線の音がほどなく消えた。離れはしんと静まりかえっている。

「下田様方は賑《にぎ》やかな遊びがお好きでないようですね」

季蔵は不思議に感じた。芸妓を呼ぶのは、三味線や長唄などを披露させつつ、楽しい酒を飲むというのが常である。

「それほど気になるのなら、いっそ覗かれてみてはいかがです？」

そう言って、彦四郎は手にしていた酒の載った盆を季蔵に渡した。

季蔵は離れの一室の襖《ふすま》を開けた。

――これは――

三人の女たちが胸も露《あら》わに裾《すそ》を乱し、三味線は座敷の隅に投げ出されていた。

「酒を飲む盃は女の口に限る。そうは思わぬか？」

十之介は酔眼を季蔵の目に据えて、にやりと笑って、

「師匠、お願いいたします。一つ、見せてやってください」

源次に恭《うやうや》しく頭を下げた。

季蔵は源次に手招きされた。

盆を持ったまま近づくと、酒の入った盃を手にした源次は立ち上がって、若い一人の芸妓の前に座った。

若い芸妓は、口元に押しつけられた盃の酒をいやいや啜《すす》った。目に涙を浮かべている。するとやおら、源次は自分の顔と唇を寄せて、芸妓の口を吸った。相手が悲鳴を上げたのは、源次が吸うだけではなく、鋭い歯を立てたからであった。

――まさにキツネの歯だ――

季蔵は憤懣《ふんまん》に加えて背筋が寒くなった。

「それにしても粗末な盃だ」

芸妓の唇から自分の口を離して、源次はにやりと笑った。

「なに、そのうち、酒をとろりとさせる上物の器になる」

――これも人の笑い顔ではない――

あまりの仕打ちに気を失いかけている芸妓は、噛まれた唇から一筋の血を流している。

――あまりに酷い――

たまらなくなった季蔵は、なすすべもなく、そばにいる年増を見た。しかし、その目は、

――どうか、このままで――

必死に懇願していた。

「酒だ、酒だ――もっと、酒を持ってこい」

十之介は怒鳴り続けていて、

「はい、只今」

季蔵は盆を畳の上に置くと厨へと戻った。

「わかったろう」

彦四郎は湯気を上げている釜を見ていた。

「それがしはもう慣れっこだが、その方は気分が悪くなったのではないか」

「多少は――」

「あの女たちも難儀なことだ。料理屋同様、持ち回りでここへ呼ばれるが、進んで女たちを寄越す妓楼《ぎろう》はなかろう。皆、嫌がっている。しかし、後ろにはお上がついているとわかっているから、断ることもできない。可哀想なのは地獄に放り込まれる女たちだ」

それでも、さんざん辱《はずかし》められた末、無残に殺される素人娘やその身内よりは、命があるだけよいではないかと、思わず、季蔵は口に出しそうになった。

――そこまで、この男に気を許すわけにはいかない――

「酒はそれがしが引き受ける。飯はもう少し、時がかかるようだから、その方はしばし、庭にでも出て、心と身体を清めてきてはどうだ？」

これを聞いた季蔵の脳裡にあることが閃いた。

「そうさせていただければ――」

まずは応えた後、

「ここは平子屋といいながら、主の弥平次さんの影は感じられません。まるで、源次さんの家のようですね」

話を転じてみた。

「弥平次は中間部屋だけで充分な身上《しんしょう》を築いている。ここはいわば隠れ蓑《みの》で、女と暮らしているのは向島《むこうじま》の寮だ。滅多に顔も見せない。言われてみれば、たしかに平子屋に住みついている源次は主のようなものだ」

「なるほど」

彦四郎が盆に何本もの徳利を載せて、厨を出た行った後、季蔵も庭へ出た。

――先ほど、無体をしでかしながらも源次の目は得意げだった。そうなると、母娘や父娘をあのような目に遭わせたことも、やはり、自慢かもしれず、時折、思い出して、美酒のように味わいたいはずだ――

季蔵は源次の部屋を探した。離れの部屋数は多くない。

足音を忍ばせながら、廊下を進み、そっと部屋の障子を開けていく。豪華な桐簞笥《きりだんす》が置かれている部屋に入った。文机《ふづくえ》の上には絵筆などの画道具が揃っていた。

——あの源次に絵心が？——

咄嗟に掛け軸を見たが、これはよくある山水画であった。狩野某《かのうなにがし》の落款《らっかん》が押されている。

——何のための画道具なのか？——

季蔵は箪笥の引き出しを開け始めた。

身なりには凝るという源次らしく、高価なものと思われる紬の小袖や羽織が畳まれている。三番目を開けた時、季蔵は、

——こんなものが——

目を覆いたくなった。

二枚の画である。一枚は墨や顔料がやや古びているが、もう一枚は鮮やかで、

——よくもこんなことまで——

季蔵は身体中の血が怒りで暴れ狂うのを感じた。

——許せない——

素人らしい粗い筆遣いで、どちらの画にも血まみれの骸《むくろ》が描かれている。一方は母娘、片方は父娘であった。娘の裾はどちらも乱れ、大きく足が広げられていた。

——描き残して、あぶな画代《え》わりにしていたのだ——

「おい、変わり鮨はまだか」

十之介の声がした。

──これは源次の悪事の証になる──

季蔵はあわてて、二枚の画を懐にしまうと、厨へと戻った。

──証を摑んだとなれば、源次の罪を認めた文など必要ない──

季蔵は変わり鮨を一品ずつ、時をかけて、作ることにした。

──その間に酒を浴びるほど飲んでもらわねば──

季蔵は蓮根の揚げ牡蠣から作り始めた。

「このまま、揚げ立てを差し上げてください」

揚がったものから、彦四郎が離れへと運んで行く。これの油気が絶妙に酒を呼ぶ。

「いやはや、まだまだ酒がご所望です」

ぼやいて、彦四郎は燗をつけ続けた。

これが勝負どころだと覚悟して、季蔵は山盛りにした揚げ牡蠣の皿を彦四郎に手渡した。

「これでさらにまた、御酒《ごしゅ》が進むはずです」

──酒を飲みすぎれば、いずれ──

季蔵は裏庭に出て、厠《かわや》の裏手に身を潜めた。

彦四郎に支えられて、十之介が初めに庭へ下りた。ほとんどもう、酔い潰れかけている。

「十之介様、こちら、こちらにございます」

彦四郎は大きな身体を何とか、厠へ入れ込もうとしたが、十之介は立ったまま、袴《はかま》の前も開けずに用を足した。袴が濡れて、安堵《あんど》した。

——何という見苦しさだ——

季蔵は呆れたが、これで彦四郎は十之介の介抱に手間取ることだろうからと安堵《あんど》した。

——気取《けど》られずにすむ——

二人が去ると、源次はすぐにやってきた。用を足したくてたまらないのか、頭を左右に振ってはいるが、足どりはしっかりしていて、ふらついてなどいない。

季蔵は拳をかまえた。源次の鳩尾《みぞおち》に当て身を入れて気絶させてから、厠へと引き摺《ず》り込む。すでに酒で濡らした半紙は用意してある。これを源次の顔に貼《は》りつかせて、息の根を止めるつもりであった。

九

まさにその時であった。

「この人でなし、思い知れ」

刃物が光った。源次の方へと、走ってくる人影が見える。

——安兵衛さん——

安兵衛が銀杏《いちょう》の木陰に身を潜めていたのであった。出刃包丁を手にしている。

——しまった。いつのまに——

季蔵は血の付いた短刀が〝鋭平〟のものだと、安兵衛に話したことを思い出した。

——わたしとしたことが——。安兵衛さんも〝鋭平〟の主に訊きに行き、頼んだのが平子屋の源次だと知ったにちがいない。それで自分の手で仇をと思い詰めて――

「何だ、老いぼれか」

源次は造作もなく、安兵衛の攻撃を躱すと、その腕をねじ上げて、手にしていた出刃包丁を我が物とすると、襤褸でも捨てるように、足下にある柿の木の切り株めがけて安兵衛を思いきり突き飛ばした。

がつんと頭が切り株に当たる音がして、そのまま倒れた安兵衛は動かなくなった。

「死ね、爺」

源次は出刃包丁を安兵衛に振り下ろそうとしたが、

「うっ、ひっ」

断末魔の形相《ぎょうそう》の顔で前のめりに倒れた。出刃包丁がその手から落ちる。

源次の背後に立っていた蒼白の彦四郎は、裏口から走り出て行った。

源次はすでに目を剝いて絶命している。

「安兵衛さん」

季蔵は安兵衛に駆け寄った。顔を近づけて確かめると息はまだある。

「しっかりするんだ」

励ますように声をかけて、気を失っている安兵衛を背負うと、季蔵もまた裏木戸から塩梅屋まで力の限り走り続けた。

翌日の夜更けて、季蔵は烏谷の元を訪れた。

「意外な運びになったようだな」

まず、烏谷はそう言って労《ねぎら》った。

「どうやら、そちが手を下すまでもなかったようだ。乱心した勘定方立花彦四郎が、江戸家老の嫡男と源次を斬り殺し、どこぞへ逐電してしまったという」

——立花様はあの前に下田様を手にかけていたのか——

離れに戻ることなく、安兵衛を助けて裏木戸を抜けた季蔵は、初めて、その事実を知った。

「家老の嫡男が巻き添えを食ったが、ともあれ、源次は成敗された」

「これはもはや、不要の代物ですね」

季蔵は二枚の絵を懐から出しかけて、その手を止めた。

「源次の悪事の証か」

「はい」

「念のため見せてくれ」

広げられた絵を見て、

「酷い絵だ」

烏谷は眉を思いきり寄せて、

「地獄の鬼ででもなければ、とても見るに耐えぬ」

目を背けて二枚ともを折り畳んだ。

「実はこれを源次の部屋で見つけてからというもの、わたしは気にかかってならないことがあるのです」

「ほう、それは何だ？」

「お奉行は菖蒲《しょうぶ》の咲いていた川原に捨てられていた、娘の骸のことを覚えておいでですか？」

「もちろん、茅町の荒物屋の娘しずであろう」

烏谷はことのほか覚えのよいのが自慢であった。

「奉行所ではこの一件も、母娘、父娘殺しの下手人の仕業だと決めつけております。お奉行もそのようにお考えですか？」

「源次の画に、荒物屋の娘が死んでいる様子を描いたものはなかったのか？」

「ございませんでした」

「ならばそちに訊ねたい。これをどう思う？」

烏谷はぎょろりと大きな目を剝いた。

「荒物屋のおしずさんは、死んでいるのを見つけられた時、天女が菖蒲の臥所《ふしど》で眠っているようだったと聞いています。これは到底、このような酷い画を残して楽しむ輩の仕業だとは思えません」

季蔵は言い切った。

「すると、まだ、荒物屋の娘を殺した下手人は野放しになっているというのだな」

頷いた季蔵は、

「この先、同様のことが起きるのではないかと案じられます」

この日、季蔵はいつものように帰る前に瑠璃の寝顔に見入った。

なぜか、綾瀬川の川原で骸になっていたおしずの死に顔が思い出された。白い端整な顔立ちは瑠璃を彷彿《ほうふつ》とさせた。

――何より、あの顔も今の瑠璃のように穏やかで、とても死んでいるようには見えなかった――

不吉にも目の前の瑠璃と骸の顔が重なって見える。あわてて、季蔵は瑠璃の鼻と口に自分の顔を近づけた。

寝息を確かめてほっと安堵したとたん、温かいもので頬が濡れた。

――今晩の夢は泣けるのか――

瑠璃は眠りながら微笑《わら》うこともあるが、こうして、辛い思い出に涙を流すこともあった。普段、夢で泣いている瑠璃を見るのは辛い季蔵だったが、この時に限っては、

――泣けるのはまだ生きていてくれている証だ――

不意に目頭が熱くなった。

安兵衛は一命はとりとめたものの、しばらく眠り続け、気がついた時には、物乞いをし

ていた頃と、シャクナギで正気づいた時との間ぐらいの様子に落ち着いた。

自分が安兵衛という名であることと、昔、天麩羅の屋台を引いていたことまでは覚えているが、親しかった喜平についてや、故郷に帰って竜巻に遭ったこと、物乞いをしていた頃、恩義を受けたおれいの仇を討とうとしたこと等は思い出せなかった。

怪我《けが》の手当をした町医者は、

「よくあのまま逝《ゆ》かずに元気になられた。なにぶん、このお年齢ですから――」

後の言葉を濁した。

そんな安兵衛を、おしんがみよしに引き取って世話をすると言い張った。

「だって、安兵衛さん、必ず、仇を取ってみせるっていう文を、あたしに残してってくれたんですもの。こんなお年齢だというのに――」

おしんは安兵衛が返り討ちに遭いかけたこととは知らず、意気込んで出かけて行ってはみたものの、途中で転倒して頭を打ったものと思い込んでいた。

安兵衛は平子屋へ仇を討ちにいく前に、瓦版屋に源次が父娘殺しの下手人だと、耳打ちしていた。

源次が斬り殺されたとわかって、瓦版屋は殺されたことを恨みに持つ者が、手練《てだ》れの浪人者を使って仕返しをしたのだと、まことしやかに書きたてた。

もとより、病死としか届け出られていない下田十之介の死の真相については、瓦版屋の知る由《よし》もなかった。

すでに立花家は断絶、立花彦四郎の名も森田藩から消されていた。

「きっと、思いを同じくする誰かが、仇を取ってくれたのだわ。よかったわね、姉さん、おとっつぁん、どうか、心おきなく、成仏してちょうだい」

瓦版に書かれていることを信じて、おしんは二人の墓の前で手を合わせた。

そんなある日、

「兄貴、大変なんだ」

朝、早く、豪助が季蔵の家に駆け込んできた。

「おしんが昨日の夜から戻らねえ」

安兵衛の世話が大変だろうからと、豪助は何かとおしんを手伝っていた。

「親戚のところへでも行ったんじゃないのか？」

「この江戸におしんの親戚なんていねえよ」

「安兵衛さんは何か知っていないか？」

「元ほどひどくはないが、あの男の言うことは、よくわかんねえ」

「わからないことでも、何か言ってたんだな。何をどう言ってた？」

「深川の味吉《あじよし》──」

「深川にある一杯飲み屋だな」

「一杯飲み屋の味吉なら俺も時々、船頭仲間とひっかけに行く。そういやあ、一度、安兵衛さんをそこに連れてったことがある。仲間をおびきだそうと考えたんだ。たしか、おれいたちに酷《ひで》えことをした源次もそこにいたな。源次だってわかったのは、そこにいた客たちに、平子屋の番頭の源次だと、自分で名乗ったからさ。この時、ちょいと座がしんとなった。知ってる奴は知ってて、それなりに怖がられてる男なんだろうと俺は思った。たいして利口そうでもねえのに、偉ぶった侍も一緒だったが、源次には一目《いちもく》置いてるようだった。あの時は源次が下手人だったとは、露ほども知らねえから、黙って、くだらねえ話を聞いちまってたが、そうと知ってたら――」

豪助は拳を固めた。

「その話というのは？」

「あれは、おしんがみよしで茄子の昆布じめを出しはじめて、あれよあれよという間に人気が出て、人が押し寄せてた頃だった。侍が〝あのみよしには娘がもう一人居て、なかなか美味い漬物を出すそうだな〟と言うと、源次が〝今度の看板娘は娘とも言えねえ、とんだおかちめんこですぜ〟と受けて、居合わせた年寄りが、〝そんなことはない。あのおしんちゃんの笑顔はお日さまみたいに温かい。立派な看板娘だよ〟と言い返して、〝そうだ、そうだ〟と他の年寄りたちが手を叩いた。源次はちぇっと舌打ちして、もう一人の連れを、〝ぼやぼやしてねえで、早く勘定しな、このとんちき〟って、叱り飛ばして立ち上がった。その連れはまがりなりにも侍だったんで、俺は気の毒でならなかったよ」

――立花彦四郎だ――

季蔵は閃いた。

——安兵衛さんが言いたかったのは、きっとこの男のことだ。あの立花様がおしんさんを連れ出したのだ。そして立花様は——

季蔵には横たえたおしんを、彦四郎が菖蒲の花で飾りつける様子が目に浮かんだ。おしんの丸顔が殺された小町娘の死に顔に変わって見える——。

「急いでおしんさんを探さなければ——」

季蔵と豪助は急いで長屋を出た。

「兄貴、探すってったって、いったいどこを?」

「やはり綾瀬川の川原だろう」

豪助の漕ぐ猪牙《ちょき》で二人は大川を遡《さかのぼ》った。

船着場に降り立って見渡すと、ぽつんと一つ女の影が見える。

「あそこだ」

豪助が指差して、

「おしんさーん」

「おしーん、おしーん」

二人が声を張り上げると、おしんはくるりと後ろを振り向いた。

無理やりの笑顔がすぐに歪んだ。

「大丈夫か」

豪助はおしんの両肩に手をかけた。

おしんはこくりと頷いて、張っていた気が緩んだせいか、

「豪助さん」

泣きながら、その胸に顔を埋めた。

「豪助さん」

おしんの顔は涙だらけになった。

「立花彦四郎はどこです？」

おしんは黙って、はるか遠くに見える大きな松の木を指した。

松の木の下には、自害して果てた立花彦四郎の骸があった。

遺書はなく、代わりにおしんが、

「憎き源次がのしあがったのは、十之介という江戸家老の子の機嫌を取るのが、上手だからだったそうです。前に、立花様は草双紙《くさぞうし》屋の綺麗な娘さんに想いを寄せてたんですって。ところが、十之介は草双紙屋へと通う立花様の後を尾行《つ》け、その娘さんに横恋慕、これを耳にした源次と一緒に、おっかさんまで辱めて殺してしまったんだそうです。それから、二人は女や弱い者を虐《いじ》めるのが楽しくなったんだろうと、立花様は言ってました。だから、おとっつぁんと姉さんを殺《あや》めたのもきっとあの二人で、源次だけの仕業じゃなかったんですね。そのことをあたしに知らせたくて、あの人はあたしをここへ連れてきたんだと思います。やっぱり、想いを同じくする人っていたんですね」

悲しげな顔で話した。

「たとえ相手が人でなしでも、殺せば罪は重い、だから、死ぬのだと言って――」

おしんの目から涙がまた、こぼれ落ちた。

――おそらく、立花様が償おうとしたのは、悪人二人を殺した罪だけではないはずだ――

「ほかに何か言っていませんでしたか？」

「外は狼《おおかみ》みたいな男たちばかりだから、若い娘は花畑の外に出てはいけない、本当はずっとそこに、閉じ込めてしまった方が幸せなくらいだって、何度も何度も言ってました。閉じ込める代わりにって、これをくれたわ。お守りにするようにって――」

おしんは胸元から、紙で出来た牡丹《ぼたん》の花の簪《かんざし》を出してみせた。

――間違いない。小町娘荒物屋のおしずの骸に挿してあった簪だ。やはり、眠れる観音菩薩《ぼさつ》のような骸は立花様が――

季蔵は確信したが、終生、この事実は自分だけの胸にしまっておこうと決めた。

――立花様は心を病んでいた。立花様がおしんさんを連れ出したのは、花畠《はなばたけ》の骸にしようと思ったからかもしれぬ。だが、もう、それはどうでもいい。閉じ込めたいという葛藤《かっとう》はあったかもしれぬが、結局、立花様はおしんさんを閉じ込めはしなかった。その事実だけで充分だ――

「このお守り、大事にするつもりよ」

おしんは誰の心をもほっこりと温かくさせてくれる、お日さまのような笑顔を取り戻していた。

――なるほど、お日さまは閉じ込められないか――

「きっとそれが、立花様の何よりの供養になります」

季蔵は大きく頷いた。

豪雨や雷と共に梅雨が終わると、朝から日がじりじりと照りつける夏の暑さの到来であった。

「この頃、豪助の顔を見ないな」

季蔵がふと呟くと、

「あら、知らなかったの？」

おき玖は意外な顔をした。

「豪助さん、浅蜊売りは止《よ》して、あれからずっとみよしに住み込んでるって噂よ。時が来たら、船頭も仕舞いにして、みよしの婿になるんじゃないかって――」

噂をすれば何とやらで、塩梅屋を訪れた豪助は、

「ちょいと、兄貴に胸を貸してもらいたいことがあってさ」

手にしていた重箱を開けた。

中は握りが三種、各々牛蒡のシャクナギ、蓮根の揚げ牡蠣、茄子の昆布じめが詰められ

ている。

「見たことあるわね」

おき玖は怪訝《けげん》な顔になった。

「この通り」

突然、豪助は土間に頭をこすりつけた。

「こいつらを、みよしの品書きにさせちゃあくれねえか。おしんは柄じゃないって、恥ずかしがるけど、乙女鮨って名付けたんだ。夏ってえのは、皆、ばてててへばるのを用心してる。いくら客が年寄りたちでも、茶に漬物なんていう風流なもんじゃ駄目だ。あっさりはしてるが、腹に溜まって、力のつくもんを欲しがるんだよ」

「それはかまわないが――」

季蔵は蓮根の揚げ牡蠣にじっと目を注いだ。

――これを売るほど揚げるには、人手がいるだろうに――

「実は安兵衛さん、こいつのことは覚えてて、毎日、作りたがるんだよ」

「それはいい」

季蔵はうれしくなった。

「茄子の昆布じめ握りは、そもそもおしんさんの案なんだし、そっちには揚げ牡蠣の名人はいるんだし、遠慮なく、品書きにして売ってくれ」

「兄貴、恩に着るぜ」

ぺこりと頭を下げた豪助は、

「それじゃ、俺はこれで。早速、おしんとわけがわかってんだか、わかってないんだかわかんねえ、あの安兵衛さんに知らせなくっちゃ。おっと、喜平さんにもだ。喜平さんは、安兵衛さんの天麩羅にぞっこんだもんな。これからは、いつでも食べることができると分かれば、さぞ喜ぶだろう」

戸口を走って出て行った。

「どうやら、あの二人――」

おき玖が呟くと、

「そのようですね」

季蔵は頷くと、

――この世には立花様やわたしのように、手折られた悲しい花に拘《こだわ》り続ける者もいるが、別の花に惹《ひ》かれることができたら、きっと幸せだろう。時にそちらの花の方が、実は本命だったと気づかされることもある。この先、豪助には幸せになってもらいたい――

「それにしても、乙女鮨、よい名ですね」

穏やかな笑みを浮かべた。

〈参考文献〉

『江戸の料理と食生活』　原田信男編（小学館）
『御前菓子をつくろう』　鈴木晋一、永見純・日本菓子専門学校（Newton Press）
『大江戸料理帖』　福田浩・松藤庄平（新潮社）
『鬼平・梅安食物帳』　池波正太郎（角川春樹事務所）
『江戸東京野菜　物語篇』　大竹道茂（農文協）

本書は時代小説文庫（ハルキ文庫）の書き下ろし作品です。

時代小説文庫
わ 1-13

涼《すず》み菓《が》子《し》 料理人季蔵捕物控《りょうりにんとしぞうとりものひかえ》

著者 和《わ》田《だ》はつ子《こ》

2011年6月18日第一刷発行

発行者 角川春樹

発行所 株式会社 角川春樹事務所
〒102-0074 東京都千代田区九段南2-1-30 イタリア文化会館

電話 03(3263)5247[編集] 03(3263)5881[営業]

印刷・製本 中央精版印刷株式会社

フォーマット・デザイン&シンボルマーク 芦澤泰偉

ISBN978-4-7584-3570-3 C0193
http://www.kadokawaharuki.co.jp/[営業]
fanmail@kadokawaharuki.co.jp[編集] ご意見・ご感想をお寄せください。

時代小説文庫

和田はつ子

雛の鮨 料理人季蔵捕物控

書き下ろし

日本橋にある料理屋「塩梅屋」の使用人・季蔵《としぞう》が、手に持つ刀を包丁に替えてから五年が過ぎた。料理人としての腕も上がってきたそんなある日、主人の長次郎が大川端に浮かんだ。奉行所は自殺ですまそうとするが、それに納得しない季蔵と長次郎の娘・おき玖は、下手人を上げる決意をするが……(「雛の鮨」)。主人の秘密が明らかにされる表題作他、江戸の四季を舞台に季蔵がさまざまな事件に立ち向かう全四篇。粋でいなせな捕物帖シリーズ、第一弾!

和田はつ子

悲《ひ》桜《ざくら》餅《もち》 料理人季蔵捕物控

書き下ろし

義理と人情が息づく日本橋・塩梅屋の二代目季蔵は、元武士だが、いまや料理の腕も上達し、季節ごとに、常連客たちの舌を楽しませている。が、そんな季蔵には大きな悩みがあった。命の恩人である先代の裏稼業〝隠れ者〟の仕事を正式に継ぐべきかどうか、だ。だがそんな折、季蔵の元許嫁・瑠璃が養生先で命を狙われる……。料理人季蔵が、様々な事件に立ち向かう、書き下ろしシリーズ第二弾、ますます絶好調!

時代小説文庫

和田はつ子

あおば鰹《がつお》
料理人季蔵捕物控　書き下ろし

初《はつ》鰹《がつお》で賑わっている日本橋・塩梅屋に、頭巾を被った上品な老爺がやってきた。先代に〝医者殺し〟（鰹のあら炊き）を食べさせてもらったと言う。常連さんとも顔馴染みになったある日、老爺が首を絞められて殺された。犯人は捕まったが、どうやら裏で糸をひいている者がいるらしい。季蔵は、先代から継いだ裏稼業〝隠れ者〟としての務めを果たそうとするが……（「あおば鰹」）。義理と人情の捕物帖シリーズ第三弾、ますます絶好調。

和田はつ子

お宝食《くい》積《つみ》
料理人季蔵捕物控　書き下ろし

日本橋にある一膳飯屋〝塩梅屋〟では、季蔵とおき玖が、お正月の飾り物である食積の準備に余念がなかった。食積は、あられの他、海の幸山の幸に、柏や裏白の葉を添えるのだ。そんなある日、季蔵を兄と慕う豪助から「近所に住む船宿の主人を殺した犯人を捕まえたい」と相談される。一方、塩梅屋の食積に添えた裏白の葉の間に、ご禁制の貝玉（真珠）が見つかった。一体誰が何の目的で、隠したのか⁉　義理と人情の人気捕物帖シリーズ、第四弾。

時代小説文庫

和田はつ子
旅うなぎ
料理人季蔵捕物控

書き下ろし

日本橋にある一膳飯屋〝塩梅屋〟で毎年恒例の〝筍尽くし〟料理が始まった日、見知らぬ浪人者がふらりと店に入ってきた。病妻のためにと〝筍の田楽〟を土産にいそいそと帰っていったが、次の日、怖い顔をして再びやってきた。浪人の態度に、季蔵たちは不審なものを感じるが……(第一話「想い筍」)。他に「早水無月」「鯛供養」「旅うなぎ」全四話を収録。美味しい料理に義理と人情が息づく大人気捕物帖シリーズ、待望の第五弾。

和田はつ子
時そば
料理人季蔵捕物控

書き下ろし

日本橋塩梅屋に、元噺家で、今は廻船問屋の主・長崎屋五平が頼み事を携えてやって来た。これから毎月行う噺の会で、噺に出てくる食べ物で料理を作ってほしいという。季蔵は、快く引き受けた。その数日後、日本橋橘町の呉服屋の綺麗なお嬢さんが季蔵を尋ねてやって来た。近々祝言を挙げる予定の和泉屋さんに、不吉な予兆があるという……(第一話「目黒のさんま」)。他に、「まんじゅう怖い」「蛸芝居」「時そば」の全四話を収録。美味しい料理と噺に、義理と人情が息づく人気捕物帖シリーズ、第六弾。ますます快調!

時代小説文庫

和田はつ子
おとぎ菓子
料理人季蔵捕物控

書き下ろし

日本橋は木原店にある一膳飯屋・塩梅屋。主の季蔵が、先代が書き遺した春の献立「春卵」を試行錯誤しているさ中、香の店粋香堂から、梅見の出張料理の依頼が来た。常連客の噂によると、粋香堂では、若旦那の放蕩に、ほとほと手を焼いているという……（「春卵」より）。「春卵」「鰯の子」「あけぼの膳」「おとぎ菓子」の四篇を収録。季蔵が市井の人々のささやかな幸せを守るため、活躍する大人気シリーズ、待望の第七弾。

和田はつ子
へっつい飯
料理人季蔵捕物控

書き下ろし

江戸も夏の盛りになり、一膳飯屋・塩梅屋では怪談噺と料理とを組み合わせた納涼会が催されることになった。季蔵は、元噺手である廻船問屋の主・長崎屋五平に怪談噺を頼む。一方、松次親分は、元岡っ引き仲間・善助の娘の美代に、「父親の仇」を討つために下っ引きに使ってくれ、と言われて困っているという……（「へっつい飯」より）。表題作他「三年桃」「イナお化け」「一眼国豆腐」の全四篇を収録。涼やかでおいしい料理と人情が息づく大人気季蔵捕物控シリーズ、第八弾。

時代小説文庫

和田はつ子

菊花酒　料理人季蔵捕物控

書き下ろし

北町奉行の烏谷椋十郎が一膳飯屋〝塩梅屋〟を訪ねて来た。離れで、下り鰹の刺身と塩焼きを堪能したが、実は主人の季蔵に話があったのだ……。「三十年前の呉服屋やまと屋一家皆殺しの一味だった松島屋から、事件にかかわる簪《かんざし》が盗まれた。骨董屋千住屋が疑わしい」という……。烏谷と季蔵は果たして〝悪〟を成敗できるのか⁉「下り鰹」「菊花酒」「御松茸」「黄翡翠芋」の全四篇を収録。松茸尽くしなど、秋の美味しい料理と市井の人びとの喜怒哀楽を鮮やかに描いた大人気シリーズ第九弾、ますます絶好調。

和田はつ子

思い出鍋　料理人季蔵捕物控

書き下ろし

季蔵の弟分である豪助が、雪見膳の準備で忙しい一膳飯屋〝塩梅屋〟にやってきた。近くの今川稲荷で、手の骨が出たらしい。真相を確かめるため、季蔵に同行して欲しいという。早速現場に向かった二人が地面を掘ると、町人の男らしき人骨と共に、小さな〝桜の印〟が出てきた。それは十年前に流行した相愛まんじゅうに入っていたものだった……。季蔵は死体を成仏させるため、〝印〟を手掛かりに事件を追うが——（「相愛まんじゅう」より）。「相愛まんじゅう」「希望餅」「牛蒡孝行」「思い出鍋」の全四篇を収録。人を想う